CH00546794

PASSER L'HIVER

Olivier Adam est né en 1974 en banlieue parisienne. Il vit actuellement en Bretagne. Il est l'auteur de quatre romans, *Je vais bien, ne t'en fais pas* (Le Dilettante), *A l'Ouest, Poids léger,* roman qui a été adapté pour le cinéma (film réalisé par Jean-Pierre Améris) et récemment *Falaises* (L'Olivier, 2005). Il écrit aussi pour la jeunesse.

Olivier Adam

PASSER L'HIVER

NOUVELLES

Éditions de l'Olivier

TEXTE INTÉGRAL

ISBN 978-2-02-082653-2
(ISBN 2-02-089284-7, 1re publication)

© Éditions de l'Olivier, janvier 2004

*Pour Karine
encore et toujours.*

« Et dire
que nous n'aurons même pas
passé l'hiver. »

DOMINIQUE A.

Pialat est mort

J'avais trop bu et Pialat était mort. J'avais appris ça dans la soirée. Les petites dormaient à l'étage. Après le repas je les avais bordées. J'avais eu un mal de chien à les laisser seules, là-haut, dans le noir de leurs chambres, à m'arracher à leurs visages paisibles, leurs fronts pâles, leurs mains fines posées sur la couverture. Marie était sortie, une réunion ou je ne sais plus quoi, elle passait pas mal de temps à l'extérieur ces temps-ci.

La télévision était muette mais j'entendais tout, les dialogues, les voix, les intonations, tout. Pialat était là, sur l'écran, bien vivant, Sandrine Bonnaire lui demandait pourquoi il était triste et il répondait « je ne suis pas triste, je suis fatigué ». Moi aussi depuis quelque temps, je n'avais plus que cette réponse à offrir.

J'ai fini mon verre debout devant la porte-fenêtre. Le jardin, c'était juste une étendue de

terre, des boules brunes et grasses, des monti-
cules, entre lesquels se nichaient de grandes
herbes dérisoires. J'avais planté une balançoire
au milieu, les filles ne s'en servaient jamais, elles
ne voulaient pas mettre de bottes, ni salir leurs
jolies baskets.

Le vent soufflait par rafales, ça faisait des jours
qu'il soufflait comme ça, lavait la lumière, ratis-
sait le sable, le faisait voler au-dessus des dunes,
entre les chalets blancs, le long de la mer grise où
frayaient des ferries aux ventres énormes. Ça
s'engouffrait dans les rues, déposait du sable sur
les trottoirs, sur le sol des cafés, des boutiques,
dans les maisons, partout. Le temps changeait à
toute vitesse, passait en un instant d'un soleil de
verre à un ciel de charbon. Dans l'après-midi,
j'avais emmené les filles sur la jetée, on avait
marché sur la digue, on peinait à avancer tellement ça soufflait. Lila avait pris du sable dans
les yeux, elle avait pleuré longtemps, hurlé
qu'elle voulait rentrer. Sa sœur l'avait consolée,
on avait marché sur la plage, il y avait de grands
immeubles, une route droite où se dressaient des

baraques à frites, des bars aux vitres embuées,
des pavillons noyés. On progressait lentement,
les filles éclataient de rire, se chamaillaient,
Marion chipait dans les cheveux de Lila des élastiques multicolores qu'elle fourrait dans les
poches de sa doudoune rose. Elles se poursui-
vaient entre les baraques en bois peint, j'aimais
les voir comme ça, rien ne pouvait me faire
autant de bien. Au loin moutonnaient de gros
nuages noirs, ils arrivaient à toute vitesse, on les
voyait au-dessus des dunes blanches, des falaises
de craie où s'échouaient des étendues rases, des
champs de colza, la lande mauve et jaune. On a
fait demi-tour mais c'était trop tard, la pluie s'est
abattue d'un coup, si serrée qu'elle faisait mal.
On s'est réfugiés dans un blockhaus. Par la fente
rectangulaire, on voyait tomber la pluie, l'aligne-
ment des pieux de bois, les bouées du chenal, un
bateau se diriger vers le port de commerce, le
sable lissé, brossé sans répit. Lila s'est blottie
dans mes bras en râlant que ça sentait mauvais,
qu'elle avait peur et qu'elle voulait maman.
Marion s'est mise à crier et à danser comme une

folle. Avec Lila on s'est regardés dans les yeux et au bout d'un moment, j'ai vu qu'elle esquissait un sourire. Je l'ai chatouillée en poussant des rugissements terribles pour être sûr. Elle s'est levée d'un bond et a décrété que c'était fini il ne pleuvait plus. On est sortis, on a marché près de l'eau, on était trempés, j'aurais voulu que ça ne s'arrête jamais.

Il était déjà tard lorsque nous sommes rentrés à la maison. Marie avait laissé un mot sur le buffet, elle reviendrait vers onze heures. Les filles sont montées dans leur chambre et je suis allé chercher des serviettes. Elles se sont mises en pyjama pendant que je préparais le repas. Je les ai coiffées sur le canapé du salon. On a dîné devant la télé, la petite bâillait entre deux bouchées, elle a laissé la moitié de son assiette et s'est collée contre moi, le pouce coincé dans la bouche. Elle s'est endormie en quelques minutes. Marion ne voulait pas se coucher, elle disait qu'elle n'avait pas sommeil. J'ai dû me fâcher, j'ai dû élever la voix, je détestais cela, vraiment ça me déchirait.

Quand l'image de Pialat est apparue sur l'écran, je me servais mon premier whisky. Il y avait son visage en plan fixe, j'ai monté le son, et là j'ai compris, j'ai compris qu'il était mort. J'ai senti quelque chose en moi s'affaisser.

J'ai fini la bouteille de vin devant la télévision. Je suis tombé sur cette phrase : *la tristesse durera toujours*. Pialat débarquait dans ce foutu dîner, s'asseyait, mangeait sa charlotte et déballait tout, et tout ce qu'il disait me bouleversait, le moindre de ses mots me touchait. Regarder ça me donnait envie de mourir. La beauté me donnait toujours envie de mourir, elle me plongeait dans un état de fragilité extrême difficile à expliquer. J'ai eu subitement envie de monter voir les filles, de les regarder dormir, comme si ça pouvait être la dernière fois, mais je suis resté dans le salon, j'ai eu peur de les réveiller.

Les phares d'une voiture ont éclairé le salon. J'ai cru que c'était Marie mais c'était le voisin qui rentrait. Sa maison était mitoyenne à la nôtre, absolument identique, comme toutes celles du lotissement. Seuls les jardins différaient. Ce type tondait sa pelouse une fois par mois. Il avait planté des arbres fruitiers soutenus par des tuteurs plus gros que leurs troncs. Marie me parlait tout le temps de lui, elle disait tu vois, le voisin il a bien réussi à faire pousser des arbres et du gazon là-dessus, ça ne doit pas être très compliqué. La maison, on l'avait prise pour ça, pour le jardin, pour les petites. On s'en était mis pour vingt ans. Le jardin n'avait pas changé depuis notre installation. J'avais pris une année sabbatique, un congé sans solde, je ne faisais rien de mes journées, j'étais trop fatigué pour m'y atteler. Je me disais que peut-être on pourrait partir quelques jours, avec Marie et les gosses, descendre vers le soleil, trouver une maison au bord de l'eau et ne rien faire que regarder le bleu, je me disais que j'avais besoin de me reposer vraiment, qui pouvait comprendre ça.

Le matin j'étais allé en ville. J'avais vu un médecin pour mon dos, Marie m'avait pris rendez-vous, le type ne m'avait rien trouvé. Après ça j'avais marché au hasard, dans les rues exténuées de lumière, éblouissantes. La ville entière avait l'air d'avoir été placée sous un projecteur géant. Je marchais dans ces rues, je ne sentais plus la fatigue, je me suis dirigé vers les grues, les entrepôts le long du port, j'ai pris un café et par la vitre on voyait tous ces types qui s'affairaient. Sur la banquette du fond, j'ai reconnu une poignée d'anciens élèves, des gamins que j'avais eus l'année dernière. Ils m'ont fait signe. L'un d'entre eux s'est approché, je ne me souvenais plus de son nom, il m'a demandé si ça allait, m'a donné des nouvelles du lycée et en l'écoutant là, en les voyant tous, j'ai compris que je ne pourrais plus jamais y retourner.

Quand je suis rentré, les filles n'étaient pas encore habillées, leur mère était au boulot, elles m'ont sauté dessus, se sont accrochées à mon cou, je les ai envoyées dans leur chambre, leur ai dit de se préparer, elles ont monté les escaliers à quatre pattes en poussant des cris idiots. Je suis allé dans la cuisine, j'ai mis des frites au four, fait griller des steaks avec des oignons, coupé les tomates, le fromage, aspergé le tout de ketchup. J'ai collé tout ça entre deux petits pains, sorti une grande bouteille de Coca. Elles ont déboulé dans la cuisine, ont hurlé de joie en contemplant leurs assiettes. Une chose était sûre, côté hamburgers j'assurais.

Le téléphone a sonné. C'était le père de Marie, il voulait parler à sa fille, il m'a demandé si ça allait, j'ai répondu fatigué, fatigué…, fatigué de quoi ? il a fait et puis on a papoté comme ça quelques minutes, il était intarissable sur l'actualité. Je lui ai demandé s'il savait pour Maurice Pialat. Maurice qui ? Jamais entendu parler de ce type. Par contre, les chiffres de la délinquance avaient augmenté, on n'était plus en sécurité, la violence était partout. Partout où, j'ai demandé. Ben partout quoi, il a répondu. Je l'écoutais en regardant dehors, un voisin sortait ses poubelles, un autre promenait son chien, emmitouflé dans son anorak, sa toque en fourrure, son écharpe. Il m'a demandé des nouvelles des filles, il parlait et moi j'étais à moitié bourré et tout d'un coup sa voix de canard, son vocabulaire, son débit, les mots qu'il prononçait, tout m'a semblé grotesque. J'ai éclaté d'un rire incontrôlable, un truc nerveux qui me tordait le ventre.

– Mais enfin qu'est-ce qui vous prend, Antoine ?

– Rien, rien, excusez-moi, je sais pas pourquoi, mais j'ai un fou rire, je suis désolé.

– Vous êtes saoul, Antoine, c'est ça ?

Je n'ai pas réussi à répondre, je n'arrivais plus à respirer. Des larmes coulaient de mes yeux.

– Antoine, répondez-moi, vous avez bu, c'est ça. Où sont les filles ?

– Elles sont dans leurs chambres.

– Qu'est-ce qu'elles font ?

– Je ne sais pas. Leurs devoirs. Ou elles lisent. Ou elles dorment.

– C'est comme ça que vous les surveillez ?

Il parlait encore quand j'ai raccroché. Je me suis retourné, Lila était dans l'escalier, elle me regardait, elle suçait son pouce, frottait ses yeux avec son poing.

– Ben alors tu ne dors pas ?

– C'est le téléphone qui m'a réveillée. Et puis t'as rigolé. C'était qui ? Maman ?

– Non c'était ton grand-père, il appelait pour demander des nouvelles. Allez, approche.

Elle est venue se blottir contre moi, elle sentait la nuit, tortillait une mèche du bout des doigts. On ira bientôt chez papy, elle a demandé. J'ai dit oui, qu'on irait bientôt. Elle m'a souri puis s'est rendormie, j'ai éteint la lumière, collé ma joue contre ses cheveux et on est restés un bon moment comme ça, le salon était silencieux, on entendait le vent s'engouffrer dans la cheminée, j'avais terriblement peur de la perdre. J'ai fini par la porter dans sa chambre. Elle a grogné quand je l'ai posée sur son lit. Je l'ai bordée, j'ai allumé la veilleuse, j'ai embrassé son front.

Dans le salon je n'ai pas rallumé la lumière. J'ai fini mon verre, j'ai eu envie d'une cigarette, Marie n'aimait pas que je fume dans la maison mais je n'ai pas eu le courage de sortir. J'ai remis la télé. Ils passaient un de ses premiers films. Dans ma tête je me répétais le titre, *Nous ne vieillirons pas ensemble*…

Jean Yanne et Marlène Jobert se foutaient sur la gueule, ils étaient beaux, tous les deux sur la plage, en Camargue, dans leur appartement, leur voiture dans la nuit, sur une barque au milieu d'un lac, ils étaient vraiment magnifiques. Au fond ce film était la seule raison valable de ne pas les haïr tout à fait. Au fond, Pialat avait longtemps été pour moi la seule raison valable de ne pas haïr le cinéma.

J'ai attrapé une bière dans le frigo, c'était bon cette fraîcheur sur le vin et le whisky. Dans le placard j'ai trouvé le paquet d'herbe, il en restait un peu, je me suis roulé un joint, je l'ai fumé dans le fauteuil, lumières éteintes, Murat chantait « Nu dans la crevasse », quelque chose en moi s'est détendu mais je savais que c'était passager. Ça sentait l'été. Ça m'a rappelé les vacances de l'an passé, dans cette maison perchée qui dominait la baie. On était restés un mois, on ne faisait rien, on était comme des Indiens, tout semblait clair et chaud, tout était lumineux. Au retour, dans le train, j'avais pleuré.

Les phares ont balayé le salon, le moteur s'est tu, une porte a claqué. Marie a dû penser que j'étais là-haut, que je dormais. J'ai vu son ombre se déchausser, ôter ses vêtements. Dans la cuisine, elle s'est servi un whisky. Puis elle est venue dans le salon.

— Tu m'as fait peur. Qu'est-ce que tu fais dans le noir ?

— Rien. J'écoute de la musique. C'était bien ta réunion ?

— Ouais, enfin tu sais bien, beaucoup de bruit pour pas grand-chose. Je ne suis pas restée jusqu'au bout. Mon père m'a appelée. Il avait l'air affolé. Il m'a dit que t'étais bourré et que tu ne t'occupais pas des filles, que tu ne savais même pas où elles étaient.

Je n'ai rien répondu. Je ne voulais pas blesser Marie, lui dire combien son père était minable et con. Elle le savait je crois. J'ai juste dit : de quoi il se mêle ? Et Marie a répondu t'as raison, je ne sais pas ce qui lui a pris. Il y a eu un silence, Marie a toussoté, a avalé une grande gorgée, et puis elle s'est mise à me raconter que tout de même, le vieux lui avait dit des trucs bizarres, comme quoi ce congé sabbatique, on m'aurait peut-être bien demandé de le prendre, qu'on m'aurait un peu forcé la main. D'après lui des bruits couraient, je me serais battu avec un conseiller d'éducation, devant des élèves. Enfin, c'étaient des bruits qui couraient... Je me suis demandé comment le vieux avait pu avoir connaissance de tout ça. Je n'ai pas su quoi dire. Je n'avais pas envie de mentir. Tout ça était vrai. Il n'y avait pas de quoi se vanter. Le proviseur m'avait simplement conseillé de m'octroyer du repos.

Marie s'est assise à côté de moi. Elle a regardé la cheminée, m'a dit que ce serait bien, de temps en temps, de faire du feu. Je n'ai pas osé lui demander avec quel bois, je connaissais la réponse, je suppose qu'il était dans les attributions normales d'un père de famille responsable de savoir où et comment se procurer du bois, de le débiter en bûches, le week-end au fond du jardin. Je suppose que c'est ce que faisaient mes voisins, que ces gestes étaient pour eux naturels, que sous certains aspects, la vie pouvait légitimement ressembler à ça.

— Les petites dorment?

— Je ne sais pas. La dernière fois que je suis allé dans leurs chambres, elles n'étaient pas là, les fenêtres étaient ouvertes, des cordes pendaient dans le vide, tu sais des grosses cordes qu'elles ont dû fabriquer en nouant des draps. Je crois qu'elles ont filé vers la forêt. Enfin je ne suis pas certain...

— Arrête Antoine. Tu connais mon père. Il ne t'a jamais beaucoup aimé.

— Et toi?

— Quoi moi?

— Toi, tu m'as déjà beaucoup aimé?

— Oui, beaucoup.

— Quand ça?

— Mais qu'est-ce que tu as ce soir? T'es bizarre Antoine. Il s'est passé quelque chose?

— Pialat est mort.

C'est tout ce que j'ai trouvé à dire. Au fond il n'y avait rien d'autre à dire, j'avais trop bu et Pialat était mort. Le reste était impossible à formuler. Un jour elle et moi on se séparerait et je deviendrais pour les filles une connaissance lointaine, un étranger, un genre de vieil oncle ou de parrain. Tout me paraissait si clair et si inéluctable tout à coup, je n'ai pas pu me retenir, j'ai fondu en larmes. Marie s'est approchée, m'a enlacé, a collé ma tête contre ses seins. J'ai reniflé dans sa chemise, son soutien-gorge, contre sa peau infiniment tendre, j'ai embrassé sa poitrine et son ventre, j'ai glissé ma main sous sa jupe, caressé son cul du bout des doigts, les ai glissés dans son sexe. Je pleurais et sa bouche a trouvé la mienne. Nous avons baisé sur le canapé et je ne me souvenais pas que faire l'amour ait jamais été aussi poignant.

À l'usure

Le ciel était mauve avec des traînées jaunes et roses. Des fois on se souvient de ce genre de chose même si ça ne sert à rien. C'est comme les immeubles en bas, les enseignes, le Stade de France qui brille au loin, ça me reste imprimé comme une photo mais au fond je crois que je n'ai jamais vraiment cru que des gens vivaient là. Je préférerais me souvenir de choses plus importantes comme la couleur des yeux de Léa ou le son de sa voix.

Je me revois faire le tour des box, exécuter mes gestes habituels, sans y penser. Je me souviens de chaque prénom de chaque visage, les bébés on dit qu'ils se ressemblent mais ce n'est pas vrai, je les revois comme si c'était hier. Manon dort avec tous ces tubes transparents qui lui sortent des poings et lui entrent dans le nez et sous la peau. Son lit à barreaux dressé au milieu d'une cage en

verre, sa mère près d'elle, corps étendu sur le
linoléum, tête sous les lavabos. Jason juste à côté,
les yeux ouverts et le regard vide, immobile et
son corps sanglé et débile. Arthur qui se met à
hurler, et sa voix que je reconnais entre toutes,
son père assis près de lui, avec son air d'être
ailleurs, sa ressemblance troublante avec Jeff, ses
gestes quand il prend le biberon que je lui tends,
qu'il pose le petit sur ses genoux et commence à
le nourrir. Son regard de gamin pris en faute
quand il m'annonce qu'il ne reste pas cette nuit,
qu'il a besoin de dormir, qu'il ne va pas tarder à
partir. Ma voix quand je lui dis de ne pas s'inquiéter, que tout ira bien et qu'est-ce que j'en
sais au fond? En face, Lola, Charles et Clarisse
dorment comme des enclumes et me font peur,
et je crois qu'au final je n'ai jamais pu m'habi-
tuer aux prématurés, que je n'ai jamais supporté
de les voir si fragiles et comme inachevés.

Je me souviens aussi du silence et du ciel parfaitement blanc. Il avait neigé et à la radio ils en
parlaient tout le temps, comme d'un événement
ou d'une chose extraordinaire. Dans le service

des grands, les gosses regardaient la télé en mangeant leur pain et leur yaourt, certains étaient bandés, leurs torses maigres saillants sous le pyjama. Avachis dans de gros fauteuils roses, leurs parents somnolaient. Tout était calme et Notre-Dame-de-Fatima presque orange. Souvent j'allais m'y reposer, j'allumais des cierges.

Dans l'ascenseur, j'avais une cigarette coincée entre les lèvres et mes yeux se fermaient tout seuls. J'aurais pu sombrer là. Dormir debout. Une fois dehors je me suis assise sur les marches et sur le boulevard, des putes se gelaient en attendant qu'une voiture s'arrête. Je me suis demandé comment elles supportaient tout ça, si moi aussi j'en aurais été capable. Des fois on pense à des trucs tellement bizarres. Une ambulance est arrivée et tout est devenu bleu à cause du gyrophare.

J'ai composé le numéro et pour une fois il a décroché.

— Jeff, c'est Claire. Ça va ?

— Ouais.

— Qu'est-ce que tu fais ?

– Pas grand-chose. Je bois une bière. Je regarde la télé.

Il n'a plus rien dit et sa voix pâteuse et molle s'est éteinte, ses mots englués par l'alcool et la tristesse. Si j'avais su, j'aurais continué à lui parler mais cela ne sert à rien de penser à des trucs pareils. Sa voix je l'ai oubliée, petit à petit jour après jour elle s'est éloignée, enfouie sous des couches de souvenirs inutiles.

Après j'ai marché jusqu'au McDo, les voitures me frôlaient. À l'intérieur, les murs couverts de joueurs de basket et l'odeur de sauce industrielle, le ketchup et la viande, le monde et la chaleur m'ont fait du bien. Des gamins s'apostrophaient en criant et se balançaient des vannes. Comment ils faisaient pour être si vivants, je n'en savais rien. Assise sur une chaise haute j'ai mangé mon Big Mac face aux grandes vitres. Ils ont monté le son des téléviseurs pour le match, la voix des commentateurs a tout envahi et je me suis laissé bercer. À des kilomètres de là, Jeff entendait les mêmes mots que moi, et même si je ne supportais plus d'être près de lui, ça me plaisait de l'imaginer allongé dans son canapé avec sa bière à la main. Dehors, des gamines de quinze ans passaient en parlant fort et en riant, je les ai trouvées belles dans la lumière des phares, avec leurs sourires et leurs coiffures bizarres. Un jour je leur avais ressemblé mais c'était si loin que je ne m'en souvenais plus.

Quand je suis revenue, les couloirs étaient déserts, les rideaux de fer tirés sur les vitrines. J'ai longé le snack et le kiosque à journaux, je me suis planquée un moment dans la serre immense, au milieu des plantes grasses et des palmiers. Souvent je restais là la nuit, dans le silence profond, le grésillement des projecteurs, à respirer ce parfum de terre, de plantes et de médicaments. Parfois je m'endormais. Mais pas ce soir-là. Ce soir-là, je suis remontée et j'ai vu Clotilde, son sale regard qui m'attendait. Je lui ai dit que j'avais besoin de prendre l'air.

— Tout le monde a besoin de prendre l'air, elle a répondu.

Avec les lumières éteintes, je voyais juste clignoter les voyants rouges et verts. À un moment, Arthur s'est mis à geindre alors je l'ai pris contre moi, j'ai senti sa peau et son cœur qui battait. J'ai essayé de l'endormir, je l'ai bercé doucement. Je ne l'ai pas serré trop fort. Je ne l'ai pas trop regardé, je n'ai pas posé mes lèvres sur son crâne.

À chaque fois qu'un signal se déclenchait, Clotilde se levait en soufflant, je la regardais et je ne pouvais pas m'empêcher de la trouver belle.

Je ne crois pas avoir rêvé, j'étais dans un sommeil profond, j'aurais pu ne jamais me réveiller et je crois qu'au fond, ç'aurait été la meilleure solution. J'ai senti une main sur mon épaule, entendu une voix qui disait : réveille-toi. La lumière m'a éblouie et son visage penché sur moi, son parfum, son souffle, ses seins sous sa blouse, j'ai cligné des yeux et elle était si proche, j'ai collé mes lèvres contre les siennes. Elle s'est reculée, m'a giflée en me traitant de folle et de salope et moi vraiment, j'aurais bien voulu les sentir à nouveau ses lèvres et sa bouche. Elle s'est affalée sur un énorme coussin orange et m'a dit qu'ils amenaient un petit de deux mois, que sa mère était avec lui, qu'apparemment c'était une chieuse.

— Je te la laisse. Entre emmerdeuses vous devriez vous entendre.

Quand je me suis levée, j'avais la tête lourde et comme un genre de nausée. Je me suis retrouvée seule au milieu des bébés, j'entendais leurs respirations irrégulières, leurs toux sèches leurs grognements, je les ai observés un à un et quelque chose m'a envahie. Du bureau je voyais les rues, les bâtiments, les entrepôts les immeubles et la neige par-dessus. J'ai regardé les fiches de suivi, les courbes de température et l'heure des repas, la fréquence des selles, les médicaments les doses administrées, je regardais ça mais je ne lisais pas vraiment, c'est juste que mon regard se posait dessus. J'aurais voulu que ça m'occupe, que ça m'empêche de m'endormir ou de trop réfléchir mais ça n'empêchait rien. Je pensais à Jeff, à ses joues creusées, à son visage de mort.

J'ai vu arriver cette femme au bout du couloir. Elle marchait à côté d'un lit-cage, elle tenait la

main de son fils à travers les barreaux et n'arrêtait pas de trébucher à cause des roulettes et de
ses talons hauts. J'ai installé le petit dans le dernier box, je lui ai posé les capteurs et la perfu-
sion, elle me regardait faire en se rongeant les
ongles et ça m'angoissait. Mes mains tremblaient, sûrement c'était la fatigue, je ne contrô-
lais pas bien mes gestes, quand je l'ai piqué il
s'est mis à crier. Je me suis tournée vers elle, j'ai
balbutié des excuses mais elle ne m'a pas écou-
tée. Elle s'est raclé la gorge et a secoué la tête.
Son gamin a hurlé de plus belle et vraiment il
était moche avec ses petits yeux et sa voix atroce.
J'ai eu envie de l'étrangler, de lui fourrer la tête
sous un coussin jusqu'à ce qu'il la ferme, ce
n'était pas la première fois que ça me prenait.
Clotilde est sortie de la salle de repos en se frottant les yeux, elle a dit c'est quoi ces cris. Elle
m'a demandé si ça allait.

— Ça va, j'ai répondu, j'ai juste besoin de faire
un tour.

— Encore ?

— Je t'emmerde.

Par les verrières, je voyais la neige se poser en douceur, tout commençait à blanchir et c'était beau. Je me suis dit qu'en rentrant, la maison serait recouverte et que ce serait la première fois. J'ai repensé aux premiers temps là-bas, comme on s'y plaisait, avec les arbres et la tonnelle. Jeff avait acheté une table ronde, l'été on mettait des bougies, ça vacillait, dans l'air tiède les chansons d'Angola. On buvait et tout tournait autour de nous. Quand j'ai su que j'étais enceinte, on a dansé au milieu des herbes, pâquerettes au ras des chevilles. Le lendemain, Jeff avait voulu acheter un toboggan en plastique rouge.

Vers la fin la maison, on aurait pu la croire abandonnée, à cause des volets fermés et du jardin mangé par les herbes hautes et les orties.

En face, sur l'écran géant, des dessins animés passaient en boucle. On n'entendait que la voix des *Razmokets* dans l'hôpital désert. J'étais seule au rez-de-chaussée de ce paquebot, au milieu des parfums de détergent et d'éther. À un moment un vigile s'est approché et sûrement c'était un nouveau parce que sa tête ne me disait rien, il m'a dit bonsoir et s'est assis à côté de moi. Il s'est allumé une Camel, l'a fumée sans rien dire. Tous les deux on fixait l'écran et il se marrait à cause de ce personnage qui tombait tout le temps dans les poubelles.

— Ma fille adore ce truc, il a fait. De toute façon elle adore tous les dessins animés. Quand elle regarde ça y a rien à faire. Impossible de la faire décoller.

Il a écrasé son mégot par terre. Il m'a souhaité bon courage pour la nuit et après je ne me souviens de rien sauf qu'au petit matin j'enlève ma blouse et je la range dans mon casier. Dans le miroir je croise mon visage et je tiens à peine sur mes jambes. Clotilde me parle d'une voix toute douce, je ne sais plus exactement ce qu'elle me dit, du genre qu'elle tient à s'excuser pour tout à l'heure, que c'est normal d'être crevée vu notre boulot et toutes ces gardes. Après elle me demande si par hasard ça ne m'ennuierait pas de la remplacer pour la nuit de dimanche. Ses parents sont à la maison. Ils viennent moins souvent maintenant qu'ils habitent dans le Sud… Bien sûr je comprends, ce n'est pas très compliqué. Tout le monde a une vie et Jeff et moi on est morts. C'est tout ce qu'il y a à comprendre.

Sur les trottoirs, il y a des petits tas de neige grise et boueuse et le chauffage de la voiture ne marche plus. Je souffle sur mes mains pour les réchauffer, ça fait des nuages de vapeur. Je quitte Paris, je roule dans des rues désertes. Les cafés viennent d'ouvrir. Le journal du jour traîne sur les comptoirs, en une ils racontent que le pays entier est bloqué par la neige. Je me dis que c'est le genre de chose qui nous aurait fait marrer avec Jeff, avant. Je me dis que tous les deux on aurait dû partir avant qu'il soit trop tard, on aurait dû s'exiler, au Canada ou même aux États-Unis, dans le Montana ou le Michigan, enfin un endroit où on ne fait pas tout un plat de la neige.

Quand j'arrive, je vois la voiture garée, il est pas loin de neuf heures et Jeff devrait être parti pour le boulot. C'est tout ce qu'il arrive encore à faire. Il dit que ça le calme, qu'au moins pendant ce temps-là il ne pense à rien. Que ça lui lave le cerveau.

Une dizaine de canettes de bière s'empilent sur la table basse du salon, une assiette sale traîne sur la moquette. Je bois un café debout devant la fenêtre de la cuisine, le jardin est couvert de neige, de grandes herbes se dressent entre de petites étendues de coton. Près de la table rouillée, deux chaises sont renversées. Je range un peu et puis je monte me coucher. Le lit n'est pas défait, Jeff a dû passer la nuit sur le canapé. Sous la lampe, les poussières volent avant de se poser sur la commode. Je fixe l'ampoule et ça fait des points blancs sous mes paupières.

Quand je me réveille, j'ouvre les fenêtres et l'air est horriblement âcre, comme chargé d'essence. Je vais à la salle de bains pour me passer de l'eau sur le visage. Je ressors aussitôt. Je ne crie pas. Je ne pleure pas. Je ne sais pas pourquoi ; c'est comme ça je n'y peux rien.

Je retourne dans la chambre. Je sors une valise du grand placard, je la bourre d'affaires et de papiers. Je prends toutes les photos de Léa, son pyjama de naissance et son lapin orange. J'éteins tout et je sors. Il fait moins froid et le ciel est dégagé. Je mets la clé sous la grosse pierre.

Je me retourne une dernière fois. Je regarde le jardin, la moto sous le petit toit de tôle, le toboggan rouge au milieu. Jeff disait toujours qu'il voulait trois enfants. Deux garçons et une fille.

Cendres

— Je me sens vide. Tout le temps, je pense à ça. Ce vide à l'intérieur. Je me dis que si je pouvais me sonder en profondeur, m'ouvrir la tête et le cœur et voir dedans, je ne verrais rien. Rien. Du vent, un désert, un champ de glace où rien ne bouge.

Le type parlait et ça me gênait de l'entendre tout déballer, j'ai changé de station. Cela faisait une heure que je roulais et mon café était froid. Je roulais dans la nuit, j'étais crevé et mes yeux se fermaient tout seuls, je prenais des rues n'importe lesquelles, des rues désertes et je roulais au pas. Le bruit des pneus dans la neige, le souffle du chauffage, la radio en sourdine, tout ça emplissait mon crâne et bruissait à l'intérieur. Je ne pensais à rien, je tournais en rond, j'étais dans le coton de la nuit. Le crissement des essuie-glaces me tenait en éveil, par endroits du givre se

formait et troublait les lumières. Il n'y avait personne pour m'arrêter. Pas un client. Pas un appel
du central. Les gens restaient chez eux et ils
avaient bien raison. À un moment j'ai longé une
église et c'était beau avec le christ en façade et les
arbres autour. Je me suis arrêté deux minutes
pour contempler.

Après ça j'ai continué à rouler pour rien
dans les rues calmes et désertes, je regardais les
immeubles aux lumières éteintes qui défilaient
lentement. Je voyais leur crépi fissuré et derrière
les fenêtres on devinait des téléviseurs allumés,
des hommes fatigués qui fumaient dans leur
chambre, des vieilles insomniaques qui entrou-
vraient les rideaux et buvaient leur tisane. J'ai
repensé à ce type dans le poste, à sa voix calme et
posée, aux mots qu'il avait prononcés : je me
sens vide. Au fond, je crois que je lui ressem-
blais. Je crois bien que lui et moi, on était
pareils.

Au fur et à mesure que je m'éloignais du
centre, tout se décomposait et ce n'étaient plus

que des entrepôts, des tours HLM, des terrains
vagues et des bars ouverts dans la nuit. Plus loin
c'était chez moi et Claire lisait allongée dans le
canapé du salon, ou alors elle fixait le plafond
et ne pensait à rien. Les enfants dormaient l'un
au-dessus de l'autre, dans la chambre minuscule.
Ils avaient couvert les murs de dessins et j'avais
renoncé à les engueuler pour ce genre de truc.
J'ai pensé que ça faisait longtemps que je n'avais
pas passé mes doigts sur leur front pendant leur
sommeil.

J'étais pratiquement à la sortie de la ville, la
radio s'est mise à grésiller. Une femme demandait qu'on vienne la prendre, elle avait un accent
prononcé, chinois ou coréen. J'ai entendu dis-
tinctement la voix qui disait OK, mais je l'ai
ignorée. Sur la place, les baraques à fleurs étaient
fermées, les sapins empaquetés sous les guirlandes. J'ai fait le tour et un peu plus bas sur
l'avenue je l'ai vue, elle était là devant l'hôtel, un
hôtel pourri où des types emmenaient les putes
du boulevard. Elle m'a fait un signe, j'ai regardé

dans le rétroviseur, je n'ai vu personne alors j'ai ralenti. Elle était très pâle. Ses cheveux noirs mangeaient sa figure à cause du vent, se figeaient en petits amas de givre. Elle cachait son menton dans une écharpe en laine et tenait quelque chose dans ses mains. Elle s'est penchée, a ouvert la porte arrière et l'air glacial s'est engouffré. J'ai monté le chauffage. Ça faisait un ronronnement un peu doux qui couvrait la radio et le bruit du moteur. Elle a dit un truc que je n'ai pas entendu. J'ai baissé la musique.

— Pont du 11-Novembre, s'il vous plaît.

Elle n'a pas prononcé un mot de tout le trajet. Dans le rétroviseur, je la voyais qui essuyait la buée sur les vitres, qui regardait au-dehors. Elle avait un œil légèrement plus petit que l'autre. Je lui ai demandé de quel pays elle venait, elle a répondu que ses parents étaient de Kyoto et ses yeux se sont fermés. Elle tenait ses bras croisés sur sa poitrine. À côté d'elle, elle avait posé un paquet, enveloppé dans du papier journal.

Sur le pont, ça soufflait fort, un type marchait contre le vent, il tenait son parapluie à deux mains. Le long du fleuve, quelques voitures roulaient au ralenti. De part et d'autre, c'étaient des immeubles modernes et déjà vieux, avec du verre et du béton sale mélangés. Les enseignes clignotaient même la nuit. Près de l'île, elle m'a demandé de me garer et de l'attendre. Dans la lumière des phares, je l'ai regardée marcher vers la statue, rejoindre l'escalier et disparaître. J'ai allumé une cigarette. Je ne pensais à rien, dans le murmure du chauffage et de la radio mêlée, le crissement doux des essuie-glaces. D'où j'étais je pouvais voir le fleuve épais et huileux. J'ai incliné mon siège. Il faisait chaud, j'entendais la musique et le bruit des voitures, leurs pneus dans la neige en purée grise.

Quand j'ai rouvert les yeux, il était plus de quatre heures et elle n'était pas revenue. La neige redoublait, le pont était presque blanc et balayé par le vent. Dehors, il n'y avait plus personne, comme si la ville avait été désertée. Le froid m'a giflé, il mordait à faire mal et la neige brûlait les lèvres et les yeux. J'ai descendu l'escalier en me tenant à la rampe. Le square était fermé. Je suis passé par-dessus les grilles et j'ai déchiré le bas de mon pantalon. Des plaques de verglas s'étaient formées et plusieurs fois j'ai manqué tomber. Sur un banc il y avait un type qui dormait emmitouflé dans trois ou quatre couvertures. Je l'ai secoué et il a grogné. Je lui ai demandé s'il n'avait pas vu une jeune femme asiatique. Il m'a traité de connard et m'a dit qu'il avait rien pu voir vu qu'il dormait et aussi qu'il m'enculait. Son chien s'est mis à me renifler les couilles, je lui ai filé une tape sur le museau et il a gueulé. J'ai pensé qu'elle devait être partie depuis longtemps. Qu'elle avait dû remonter pendant que je dormais. Le froid transperçait ma veste et ma chemise, mes dents claquaient malgré moi. J'ai allumé une cigarette, je m'y suis repris à plusieurs fois à cause du vent et je me suis brûlé avec le briquet. Un flocon de neige s'est posé sur la flamme, ça a fait un grésillement minuscule. Putain. Qu'est-ce que je foutais là à cette heure, sous un pont, à courir après cette fille ? Qu'est-ce que j'en avais à foutre bordel ? C'était bien moi, ça, ce temps que je perdais pour des conneries. Elle n'avait même pas payé la course. J'ai pensé au compteur qui tournait, à l'argent qui partait en fumée.

Je me suis retourné une dernière fois et je l'ai vue. Elle était là, elle se tenait au bord du quai, au-dessus de l'eau pleine de remous, elle était là les yeux dans le vague, la bouche entrouverte, comme ça tout au bord elle se balançait d'avant en arrière, dans ses vêtements trop grands, mal ajustés, elle se balançait elle marmonnait elle avait l'air d'une folle. Je me suis approché. Elle pleurait et dans ses mains la boîte était ouverte. Elle fixait l'eau en se balançant, elle grelottait le regard vide, ses yeux pas pareils et ses cheveux mal coupés. J'ai juste dit : madame, vous êtes sûre que ça va ? et elle n'a pas eu l'air de m'entendre, elle est restée figée immobile devant l'eau qui défilait. Le couvercle de la boîte pendait dans le vide et à l'intérieur il y avait un dépôt de poussière grise.

J'ai touché son épaule, elle a sursauté et s'est mise à hurler. Elle avait son visage contre le mien et elle hurlait, je l'ai serrée dans mes bras et elle s'est débattue, j'ai serré plus fort je lui ai gueulé de se calmer et d'un coup elle s'est arrêtée de bouger et son corps est devenu mou et ses yeux tout à fait vides. Sa bouche s'est entrouverte mais aucun son n'en est sorti. En tombant sur les pavés, la boîte a fait un bruit mat et ses mains vides ont continué à trembler. Je me suis baissé pour la ramasser. C'était une boîte noire en bois laqué. Dessus, il y avait deux idéogrammes et une fleur dessinée. Je l'ai refermée. J'avais un peu de cendres sur les doigts.

— Il faut rentrer, vous allez prendre froid.

J'ai pris son bras et elle m'a suivi. Elle était calme maintenant. On a monté l'escalier comme deux vieux, en marquant un temps d'arrêt à chaque marche.

J'ai pensé à mon père, à la fin il ne pouvait même plus marcher. J'avais gardé ses cendres plusieurs mois à la maison, après son incinération. Je les avais planquées dans le buffet du salon, derrière une pile de torchons. Claire ne voulait plus l'ouvrir et chaque fois que mes yeux tombaient sur ce putain de meuble, je pensais à la petite urne argentée. Je ne savais pas quoi faire, je ne trouvais pas normal de garder ça près de soi, de vivre avec les cendres de son propre père au fond d'un buffet. Certaines nuits, j'en faisais des cauchemars. Un jour qu'ils fouillaient partout pour chercher les cadeaux de Noël, les gamins sont tombés dessus. C'est quoi ce truc ? ils ont demandé. Votre grand-père, j'ai répondu. Et j'ai fondu en larmes devant eux, c'était la première fois qu'ils me voyaient pleurer et j'ai eu honte. Le jour même j'ai creusé un trou au fond du jardin, sous le noisetier. J'ai enterré l'urne, emmitouflée dans un chiffon rouge, et dessus j'ai posé un parpaing, pour être sûr de pas oublier l'endroit exact. C'est bizarre mais du jour au lendemain, c'est là que le chien s'est mis à pisser, systématiquement.

Je me suis garé devant l'hôtel. Elle ne bougeait pas, n'avait pas l'air de comprendre qu'on était arrivé. Qu'elle pouvait sortir et regagner

sa chambre. Je lui ai ouvert la porte. Elle m'a
regardé d'un air absent et s'est levée. J'ai pris son
manteau et la boîte. En nous voyant, le veilleur a
eu un drôle de sourire entendu.

— Je l'accompagne jusqu'à sa chambre, j'ai dit.

Il a hoché la tête et puis il est retourné à son
comptoir, a dirigé son regard vers le téléviseur
suspendu.

L'escalier étroit puait. Le papier peint était
déchiré, de grands lambeaux tombaient jusqu'au
sol. La chambre donnait sur la rue. Sur la table
de nuit, il y avait une bouteille de vodka à moitié vide. J'ai pris deux verres à dents dans la salle
de bains. L'étagère était couverte de crèmes et de
médicaments. J'ai regardé les boîtes, des somni-
fères, des anxiolytiques, des antidépresseurs.

On a bu sans se regarder, elle assise sur le lit
étroit, moi dans le fauteuil près de la fenêtre.
Nos pieds se touchaient presque.

— Excusez-moi.

Elle a disparu dans la salle de bains. Je l'ai entendue déplacer des tubes et des flacons. À la télé-

vision, il y avait un match de tennis mais je ne connaissais aucun des deux joueurs. Ça faisait des plombes que je ne m'intéressais plus à ces conneries. J'ai suivi les échanges pendant quelques secondes et puis tout est devenu flou et j'ai senti que je m'absentais. Je suis resté suspendu dans le vide.

Quand elle est ressortie, une longue chemise en coton collait à sa peau blanche. Ses yeux étaient démaquillés, ses joues lavées. Elle s'est glissée sous les draps et j'ai éteint le téléviseur. Je n'ai pas fermé les rideaux. Je suis resté assis dans le fauteuil près de la fenêtre. Il avait cessé de neiger. On voyait même la lune. Quelques voitures circulaient. Trois putes discutaient sous un lampadaire.

Je suis arrivé chez moi, c'était Bill Evans et le jour se levait. Le voisin essayait de fixer des chaînes à ses pneus. J'aurais pu lui dire que ce n'était pas la peine, que tout était dégagé, mais vraiment, je n'en avais rien à foutre, il pouvait bien faire ce qu'il voulait. Les enfants étaient levés, tous les deux en pyjama devant les dessins animés. C'était mercredi. Je me suis dit que ce serait pas mal de les emmener quelque part, pour une fois.

Nouvel an

Je gelais malgré le gros pull que j'avais enfilé, j'ai allumé une Lucky, j'ai aspiré en fermant les yeux. La voiture a mis des plombes à démarrer comme toujours à cause du froid et de l'humidité. Au centre-ville les arbres étaient bourrés de guirlandes lumineuses. J'ai ralenti en passant devant le bar mais il n'y avait personne. Devant l'église, un compte à rebours annonçait la nouvelle année, les jours s'égrenaient, et les minutes et les secondes. Je me suis arrêtée pour acheter une boîte de chocolats.

Le parc était blanc, la pelouse cuite par le givre. Dans les couloirs c'était punaisé de dessins aux couleurs criardes, avec des traits maladroits et le feutre qui dépassait de partout. Sur tous ou presque, il y avait un soleil en haut à droite et une maison au milieu. Ça sentait la soupe et l'éther. J'ai croisé deux femmes en robe de

chambre. Elles marchaient en s'aidant d'un déam-
bulateur et en se mâchant les gencives, elles étaient
maigres et j'ai pensé que ma mère était exactement pareille, que si je l'avais croisée sans la
connaître elle m'aurait fait la même impression.
Je n'ai pas frappé. Maman était assise dans son
grand fauteuil, la télévision était allumée mais
ses yeux éteints fixaient la fenêtre, la boule du
lampadaire et le saule déplumé.

— Maman, c'est moi.

J'ai arrangé les fleurs dans le vase, posé la boîte
de chocolats sur la table.

— Bonne année, maman. Ça va ? Alors tu fais
quoi ce soir ? Tu vas au foyer ? Tu ne vas pas rester toute seule. Et puis il y aura de la bûche…

Je ne sais pas pourquoi je lui ai dit ça. Elle ne
sortait plus de sa chambre depuis un mois. Elle
ne bougeait pas, quand je venais la voir, elle faisait comme si je n'étais pas là, comme si elle était
sourde. D'après le docteur c'était normal, on n'y
pouvait rien, il fallait continuer à venir, à lui parler, ça lui faisait du bien. Il disait ça mais moi je
sais bien qu'elle en rajoutait parce que je l'avais

mise là, dans ce truc où tout le monde laisse crever ses vieux pour avoir la paix. Je l'ai regardée
et ses cheveux étaient de plus en plus fins et
épars. On voyait son crâne et des petites croûtes
comme en ont les bébés. Ses mains tachées étaient
parcourues de grosses veines violettes. Elle portait toujours cette vieille robe de chambre affreuse,
je lui en avais acheté trois neuves depuis qu'elle
était là mais c'est celle-là qu'elle portait toujours.
Je lui ai annoncé que j'allais pas tarder. Je préfé-
rais ne pas penser à ce qui se passerait après, les
soins et le coucher vers neuf heures. Les autres
au foyer, leurs bouches comme des trous avalant
la soupe, leurs corps tremblants et la bûche
au dessert, les sourires forcés des infirmières,
les chansons et les blagues comme s'ils avaient
trois ans.

Je sais comment ça se passe. J'ai travaillé ici à
une époque, même si ça remonte à une autre vie.
Je sais comment finissent tous ces vieux. J'ai
changé leurs draps, vidé leurs poubelles, nettoyé
leurs douches.

Maman se balançait d'avant en arrière et elle

s'est mise à marmonner des trucs incompréhen-
sibles avec un air méchant. Je suis partie avant
de trop morfler, je ne supportais jamais ça très
longtemps, je lui ai dit : maman, je dois m'en
aller, je travaille ce soir, j'ai embrassé ses cheveux,
j'ai respiré son odeur de morte et je suis sortie.

Sur la route il n'y avait personne et les pan-
neaux défilaient dans la lumière jaune. Le chauffage était poussé à fond, j'ai mis la radio pour ne
plus penser à maman. Ne plus penser à ce que
cela fait de voir sa mère dans cet état. Arrêter de
me dire que je pourrais quand même la prendre
chez moi, m'en occuper même si c'est impossible
ou difficile ou pas commode, même si personne
ne m'en croit capable, personne à part moi. Dans
la voiture, l'odeur de plastique chaud m'écœu-
rait. L'animateur débitait ses niaiseries sur la
nouvelle année entre deux chansons. Je me suis
dit qu'une bonne résolution, pour moi, serait de
faire en sorte que ma vie ressemble à quelque
chose. Mais pour le coup, il s'agissait plutôt d'un
vœu, et je ne voyais personne pour l'exaucer. J'ai

croisé un semi-remorque, ses phares m'ont aveu-
glée, j'ai fait un écart et trois secondes ça m'a tra-
versé le crâne, je ne peux pas le nier, ça m'est
venu au cerveau, l'idée du platane. J'y ai pensé à
fermer les yeux, enfoncer la pédale d'accéléra-
teur, serrer les dents hurler sentir le volant com-
presser ma poitrine le verre en éclats dans ma
peau, la tôle enfoncée la ferraille, le tronc dans
le capot fendu en deux et tout ce qui me trans-
perce et m'aplatit et le bruit de mes os et dans les
yeux du sang et moi aussi morte qu'on peut
l'être, j'ai pensé à tout ça j'ai fermé les yeux, j'ai
senti que je déviais, je me suis dit ta vie va défiler
dans tes yeux, c'est à ça que j'ai pensé et aussi à
tout ce que j'allais pouvoir revoir et qui était
enfoui, les premiers temps avec Alain, avant que
tout parte en vrille et ma vie entière foutue en
l'air, ma mère souriante et jeune et belle, mon
père vivant et c'était il y a si longtemps que je
ne m'en souviens pas, j'avais quatre ans et après
fini enfui disparu envolé mort mort mort mort,
mais non je n'ai rien revu, rien de rien, que du
noir, alors j'ai rouvert les yeux et j'ai braqué, la

bagnole a dérapé j'ai enfoncé la pédale de frein et je me suis retrouvée sur le bas-côté avec dans les oreilles un son traînant de klaxon.

Le parking était vide. Je suis passée par les pompes à essence et je me suis garée juste devant la vitrine. À l'intérieur aucun client, des rayons déserts, bourrés de chips et de sandwichs, de bonbons multicolores et de jouets. On entendait le ronronnement des frigos. Les bouteilles étaient alignées dans la lumière blanche, j'ai pris un Coca. Martine m'a fait les gros yeux parce que je ne les paie jamais. Je lui ai collé deux bises sur les joues et j'ai pris ma place sans me changer. Un type est entré en se soufflant dans les mains. Il grimaçait bizarrement. Il a posé sa carte bleue en disant : pompe deux. En face de moi, les grandes vitres étaient embuées et on ne voyait rien au travers, juste des traînées de lumière. Martine mâchait un chewing-gum, elle avait son air fatigué.

— Ça va ? je lui ai demandé.

— Super. Ça ne peut pas aller mieux. C'est le

réveillon du 31 et je suis là derrière ma caisse. Et tu sais c'est quoi le plus beau ? Eh bien c'est moi qui ai demandé à être de service ce soir.

Je l'ai regardée, le type a saisi son code et on s'est mises à rire. J'ai arraché la facturette, je la lui ai tendue avec la carte et il est parti sans un mot. Martine a sorti une cigarette de son paquet.

— Remarque c'est la fête, elle a dit. Pas un client. On peut fumer.

J'avais un sachet d'herbe dans ma poche, je m'en suis roulé un petit et je l'ai fumé en marchant tout doucement entre les rayons. À un moment, j'ai fait mine de danser pour Martine et elle m'a sifflée. Au passage, je me suis pris un paquet de chips parce que l'herbe ça me donne toujours faim. Elle m'a lancé une éponge et j'ai fait comme si c'était un micro et après je me la suis passée sur les seins et dans le cou. Martine riait et les machines à café gargouillaient. Sur les tables hautes traînaient des gobelets en plastique. Quand je les soulevais, ils laissaient des traces beiges sur la surface lisse et ronde. J'ai passé un coup de chiffon et tout s'est effacé. Je valsais entre les tables et ma tête tournait alors je me suis arrêtée et j'ai regardé dehors.

– Je crois bien qu'on va passer la soirée juste toutes les deux.

Martine a marmonné une phrase que je n'ai pas comprise, puis elle n'a plus rien dit et ses yeux se sont perdus dans le vide et je me suis dit : ça y est elle s'est éteinte, on en a encore pour deux heures, dans trois minutes elle chiale… J'ai repensé à ce qu'elle m'avait dit le jour où elle était venue à la clinique. J'étais là-bas depuis trois semaines et personne ne venait me voir à part mon frère et sa fille Chloé mais elle n'osait pas s'approcher. Elle disait que je n'étais pas sa tata, que c'était un mensonge et elle restait dans le couloir avec son petit visage livide. Elle ne comprenait pas ce que je faisais là et moi non plus dans le fond.

– Mais t'es malade ? elle demandait. T'as mal où ?

Le jour où Martine s'est pointée je n'ai pas vraiment été étonnée. Nous n'étions pas particulièrement proches à cette époque mais quand je l'ai vue apparaître dans l'encadrement de la porte, sa présence à cet endroit-là à ce moment précis m'a paru évidente. Elle a regardé mon lit et les fleurs sur le petit meuble. La pile de livres et le poste radio. Les murs blancs et les médicaments. Elle s'est approchée de la fenêtre. Le bouleau se balançait dans la lumière, les feuilles translucides se détachaient sur le bleu du ciel.

– Alors c'est là que tu te reposes ? Ça a l'air bien.

C'était le printemps, on est sorties marcher dans le jardin, je la regardais et je me disais que s'il avait fallu se prononcer comme ça au jugé, c'est sûrement elle qui aurait été déclarée malade.

– C'est drôlement fleuri, dis donc, elle a fait.

– Ouais, je trouve ça assez horrible, je veux dire le genre parterres de fleurs.

– Pas moi. Moi je sais pas, ça me repose. Et puis tous ces arbres…

On s'est assises sur un banc, on a fumé des cigarettes derrière le bâtiment. J'ai eu envie de lui prendre la main mais je n'ai pas osé.

– T'as l'air en forme, elle a dit. Je ne t'ai jamais vue si tranquille… Faut dire que c'est calme ici. À moi aussi ça me ferait du bien de passer quelques semaines dans un endroit pareil.

J'ai préféré ne rien lui répondre. Ç'aurait été trop long de lui expliquer que vraiment il n'y avait pas de quoi m'envier. Je n'ai pas voulu approfondir non plus, lui demander pourquoi elle disait ça, ce qui clochait chez elle. Je crois qu'à l'époque, je n'aurais pas supporté d'entendre ses histoires. Je ne suis même pas sûre qu'aujourd'hui je pourrais.

Le silence et Martine qui regardait dans le vide, ça m'angoissait trop alors j'ai pointé la télécommande sur le téléviseur. Sur toutes les chaînes, c'était la même chose. Des chanteurs et des comiques ringards fêtaient la nouvelle année.

– Pendant qu'ils font les cons sur l'écran, je suis sûre qu'ils passent la soirée entre amis, à boire et à se marrer pour de vrai, a fait Martine.

– Ouais, j'ai acquiescé, ils ont le don d'ubiquité ces gens-là. J'aimerais bien faire pareil.

— Ah ouais, et tu serais où alors, je veux dire, parallèlement à ici.

Franchement, je n'en avais pas la moindre idée. Tout ce à quoi je pensais, c'était fini, passé, c'était ma vie d'avant.

— En tout cas moi, je peux te dire que je n'irais pas avec ces putains de mariolles. Tous ces types, que ce soit à l'écran ou chez eux, ils me font gerber.

— T'en sais rien, comment ils sont chez eux.

— Tu parles. Ils sont comme des truffes à se bourrer d'huîtres et de champagne, avec leur putain de sourire aux lèvres et c'est pas humain d'avoir la bouche coincée à montrer les dents vingt-quatre heures sur vingt-quatre. De toute façon ils me verraient ils ne me laisseraient même pas entrer. Ces gens-là c'est pas la peine, ils vivent entre eux, ils se reconnaissent, pire que des chiens, même pas besoin de se flairer le cul.

J'ai ri à cause des conneries qu'elle débitait et puis j'ai sorti une bière de mon sac à dos. Avec le froid qu'il faisait elle était encore fraîche.

Martine m'a fixée drôlement et ça m'a gonflée son air de bonne sœur.

— C'est rien, merde. Juste une bière. Tu fais chier, Martine.

— J'ai rien dit moi. Fais ce que tu veux.

Elle a eu l'air vexé et a fait semblant de recompter les billets dans sa caisse. Je m'en suis voulue de lui avoir parlé sur ce ton mais c'était trop tard. C'était reparti elle se taisait et j'aurais voulu être capable de me lever et de la prendre dans mes bras mais c'est toujours pareil, les gestes qu'on devrait faire on n'ose jamais et on finit tous autant qu'on est seuls comme des rats dans notre trou.

— Tiens, un client, a dit Martine avec une drôle de voix.

J'ai sursauté. Une voiture s'est garée. Martine a haussé les épaules.

— Ça nous fera de la compagnie.

Je me suis demandé si elle s'en réjouissait ou si elle était contrariée, peut-être les deux à la fois.

Les phares se sont éteints et pendant un moment, il ne s'est plus rien passé. On attendait comme des poires que quelqu'un entre. Je me suis approchée de la vitrine et il m'a semblé apercevoir une ombre dans la voiture, une masse noire recroquevillée sur le volant, quelqu'un avec la tête entre les bras. Pendant au moins cinq minutes, rien n'a bougé. Je suis restée à regarder la neige qui tombait en flocons énormes.

Un type a fini par entrer. J'étais à ma caisse et il s'est dirigé droit vers moi. Il soufflait dans ses mains pour les réchauffer et je me suis dit que c'était dingue cette manie qu'ils avaient tous d'entrer ici en se soufflant dans les mains comme dans les films. Il a dit bonsoir et m'a commandé un café qu'il a bu sans lever les yeux, en grimaçant à la fin, à cause du dépôt de sucre. Je lui ai demandé si ça le dérangeait que je fume. Il a dit non alors j'ai allumé une Lucky. On était tous les trois silencieux dans la station avec Johnny qui chantait *Marie* et Martine qui tenait son visage entre ses mains à cause de la fatigue ou alors c'était de la pure détresse. Le type n'avait pas l'air mieux, il tremblait un peu quand il a posé la tasse sur le comptoir. Je lui ai proposé un second café, il a redressé la tête, j'ai vu son beau visage un peu fripé. Il a dit oui je veux bien, je lui ai souri doucement. Il avait de jolies rides au coin des yeux.

— Qu'est-ce que vous faites sur la route un 31 décembre à cette heure ? je lui ai demandé.

— Pareil que vous. Le boulot. Là je rentre chez moi mais c'est encore loin et je suis crevé.

J'ai regardé l'heure, c'était bientôt minuit. Je suis sortie, mes pas crissaient sur la neige. Dans le coffre de ma voiture c'était un vrai bordel, toutes ces choses inutiles que j'entassais sans savoir pourquoi. J'ai fini par trouver la bouteille. Je me suis attardée un peu. Quand j'étais gamine, maman m'engueulait toujours à cause du temps que je passais dehors en tee-shirt, l'hiver. Elle ne supportait pas que je sorte tête nue sous la pluie, que je reste au milieu du jardin, bouche tendue vers le ciel à boire les gouttes, à les sentir sur ma langue.

Derrière le comptoir, j'ai pris trois verres et je les ai alignés. À la télévision, ils se sont mis à compter à l'envers et tous les trois on regardait ça le menton levé. Ils ont beuglé zéro et sur l'écran ça s'agitait dans tous les sens, des feux d'artifice s'incrustaient sur les fesses emplumées des danseuses de revues, des types en smoking souriaient à des gros seins. Le bouchon a heurté le plafond dans un bruit de détonation. J'ai rempli les verres en plusieurs fois à cause de la mousse. On a trinqué, le type ne m'a pas regardée dans les yeux alors on a recommencé. Martine m'a embrassée et elle s'est mise à pleurer, je l'ai serrée fort dans mes bras, je l'ai bercée, j'avais l'impression de la protéger et elle reniflait dans mes cheveux. Dans les arbres de l'autre côté de l'autoroute, de temps en temps, on voyait des lueurs et des gerbes de lumières. Ça ne faisait aucun bruit, d'ici, leur feu d'artifice.

J'ai resservi le type et il a bu d'une traite en fermant les yeux. Je m'en suis repris un moi aussi. Martine a vidé son quatrième ballon et s'est mise à rigoler pour rien d'un coup, sans raison.

— Putain je vais être pompette, moi, et elle est retournée à son guichet en disant : on sait jamais.

Je me suis roulé un joint et avec le type on se l'est passé tranquillement. À chaque bouffée il plissait un peu les yeux et ses joues se creusaient dès qu'il aspirait.

— Ça vous dirait d'aller à la mer ? il a dit. Là. Tout de suite. On prend ma voiture. Dans une heure on y est.

J'ai regardé Martine. J'étais sûre qu'elle avait entendu.

— Et si le patron appelle ? elle a fait.

— Qu'est-ce que tu veux qu'il appelle ? Il digère ses huîtres. Au pire tu lui dis que je suis rentrée, que j'étais malade.

— Il paraît que les huîtres quand tu ne les mâches pas, elles se collent vivantes à ton estomac.

Cela me faisait mal au cœur de l'abandonner. C'était pas pour le boulot qu'on avait ce soir-là, mais ça me serrait la gorge de l'imaginer seule dans la station vide et les lumières blanches. Et puis ce n'était pas prudent et je me mettais à imaginer qu'un type se pointait et elle était seule et on la retrouvait au petit matin dans les chiottes le visage en sang.

— Vas-y, elle m'a dit. On n'a qu'une vie.

Je l'ai embrassée, je l'ai serrée dans mes bras, je me suis demandé pourquoi je m'étais retenue de la prendre ainsi dans mes bras toutes ces années. Elle est passée derrière le comptoir et a commencé à laver les verres.

— T'es sûre que je peux y aller ? j'ai insisté.

— Oui oui, je t'assure. Il me reste trois heures à tirer. Ça va passer vite.

Je lui ai dit d'être prudente, je la regardais et je ne pouvais pas m'empêcher de l'imaginer morte et violée, c'est dingue de penser à des choses pareilles, non ? On est partis avec le type et dans sa voiture je gelais. Il a mis la radio, c'était de la musique africaine alors je me suis détendue et j'ai allumé une Lucky. La route défilait. Il n'y avait personne en face ni derrière ni nulle part. On était seuls sur cette autoroute et je pensais à ce qu'avait dit Martine sur les huîtres et aussi à maman quand je l'avais emmenée à Cancale. Elle n'était pas encore en fauteuil, elle marchait toute voûtée sur sa canne, on s'était assises au bout du petit marché, à deux pas de l'eau, elle aspirait sa douzaine avec des bruits de bouche extravagants. Je me souviens du soleil qui rendait l'eau turquoise et des coquilles qui s'amassaient sur les galets.

J'ai posé ma main sur sa joue rêche, joué avec ses cheveux dans sa nuque. On ne s'était pas embrassés mais c'était tout comme. On ne parlait pas et c'était un beau silence, pas un silence pesant ou quoi, juste qu'on n'avait pas besoin de parler, on roulait vers la mer et c'était tout.

La mer dans la nuit, c'est surtout le bruit des vagues et les lumières qui se reflètent. On a marché sur le sable. Sur le port, on a repéré deux trois restos encore ouverts. C'était la pleine lune et on s'embrassait. Il s'est mis à pleuvoir et en deux minutes on a été trempés jusqu'aux os et la peau, elle glissait comme ses mains sur mon ventre et mes seins, le long de mon dos.

Dans le resto il n'y avait plus grand monde. Un groupe de gens au fond, un peu avachis, la table couverte de bouteilles, de serviettes, les cendriers pleins. Par terre des cotillons écrasés et du sable mouillé. On s'est installés près des vitres et on a trop bu exprès. Pendant qu'il me parlait je passais mes doigts sur ses lèvres et ses rides minuscules. Après c'était vraiment bon de ne plus marcher droit et de rire pour rien au bord de l'eau. J'étais ivre et ses doigts se glissaient à l'intérieur de mon sexe et c'était très doux. À l'hôtel, quand on s'est allongés, ça tournait et le jour se levait. Du lit, on apercevait la plage dans la lumière du matin et des types marchaient avec leurs chiens. J'ai fermé les yeux pour me concentrer sur sa queue profonde en moi et si douce quand je la touchais avec mes doigts avec ma bouche avec mon ventre. On est restés longtemps collés l'un contre l'autre.

À mon réveil il n'était plus là. Il n'avait pas laissé de mot et j'aimais autant. C'était plus franc comme ça et de toute manière, je ne vois pas de quoi il aurait pu s'excuser. À la réception, la fille m'a dit que la chambre était réglée, que mon mari avait déjà payé mon petit déjeuner. Je n'avais pas faim alors j'ai juste avalé un café. Il faisait soleil et à cette heure, le sable était d'un jaune intense, la mer émeraude. J'étais bien. Calme et reposée pour une fois. La mer me lave, m'emplit, m'élargit, comme si j'avais plus d'air dans la poitrine, comme si plus rien n'obstruait dans ma tête. J'ai repensé à maman et à mon frère, on était petits et tous les ans elle louait un appartement à Saint-Lunaire. Le soir après dîner elle nous emmenait à la plage. Elle fumait des cigarettes dans sa robe du soir et on descendait les toboggans encastrés l'un dans l'autre. La nuit je l'entendais pleurer et je venais me glisser dans son lit.

Au buffet de la gare, j'ai hésité à prendre une bière et puis je me suis ravisée. Je me suis dit que pour le coup, en ce jour de l'an, une bonne résolution serait de ne plus boire le matin, que ce serait déjà pas mal, un bel effort. J'ai pris un thé et je me suis forcée, comme pour un médicament.

Bouche cousue

Près du torrent, entre deux sapins, deux planches de bois figuraient une croix grossière. C'est là que j'avais enterré Chet. Je l'avais retrouvé un matin sur le bitume, la gueule ouverte et les pattes brisées. Des mouches plein les yeux. Du sang séchait sur son flanc droit. À cet endroit maintenant, c'est juste de la terre éboulée. Les arbres immenses ont été débités en rondins réguliers. Je ne peux pas m'empêcher de me demander jusqu'où Chet a été emporté. À moins qu'il soit toujours là, mais plus profond encore. Cette nuit-là tout s'est affaissé, le terrain a glissé et le cours du torrent a dévié. Son bruit aussi. Depuis, on croirait qu'il coule au milieu de la maison.

Le ciel était parfaitement noir, on distinguait à peine les trois maisons grises, la route étroite, qui

partait du hameau et s'enfonçait dans la vallée.
Le chien du voisin s'est mis à aboyer. Il dormait
dehors, attaché à une corde. Chaque fois qu'une
voiture passait, il courait après et s'étranglait.
C'était moche à voir mais si j'avais fait la même
chose, Chet serait encore en vie, voilà ce que je
me disais.

La nuit était liquide, l'eau coulait des gout-
tières et dévalait les toits en pente, le torrent
gonflait comme un muscle, charriait des bouts
de bois, des branches mortes et nues. Mes pas
s'enfonçaient dans la terre sablonneuse et les
aiguilles de pin. Le sentier grimpait à travers les
sapins noirs. Je me suis retourné. Devant la maison, une lanterne éclairait la terrasse. La fenêtre
de Léo n'était pas tout à fait noire, une veilleuse
tournait près de son lit, projetait des ombres sur
le plafond lézardé, les murs pourris par l'humidité. Sous les fenêtres, la peinture se détachait en
plaques molles.

La voiture était garée plus haut. Souvent je
venais là, la nuit. La plupart du temps je m'endormais, je ne me réveillais qu'au petit matin. À

84

l'intérieur, ça sentait le cuir usé, le tabac refroidi.
Les phares éclairaient des troncs d'arbres empilés
et des fougères. J'ai pris une bière à l'arrière, je
me suis concentré sur la pluie qui recommençait
à tomber. Elle martelait le toit, bientôt la grêle
s'est mise à pilonner la tôle et je n'ai plus
entendu que ça. J'ai attendu que ça passe mais la
pluie a redoublé, on commençait à voir se cre-
vasser la terre, l'eau dévaler le chemin, la boue
rouler sur les côtés. À la radio, un type a parlé
d'inondations, de routes coupées, de neige et de
verglas. Au même moment, j'ai senti la voiture
se déporter sur la droite. J'ai baissé la vitre et
c'était comme boire la tasse tellement ça tombait. J'avais les yeux noyés, ça me rentrait dans
les narines et les oreilles. Je me suis penché et
j'ai vu les roues enfoncées et le roulement des
cailloux, l'eau glacée qui emportait des souches
et de la mousse. J'ai démarré et les pneus tour-
naient dans le vide. Le moteur hurlait, émettait
une plainte un peu geignarde. J'ai braqué et j'ai
fini par trouver un peu de prise. Je voyais que
dalle, les essuie-glaces ne servaient plus à rien, le

pare-brise était tout à fait liquide. J'ai garé la voiture derrière la maison. Juste avant de refermer
la porte, j'ai entendu un craquement horrible.
Le grand sapin bleu s'est écroulé, parfaitement
raide. Des parfums montaient, de réglisse et de
pierre lavée.

Je me suis allongé sur le canapé. La vieille couverture était pleine de poils. Chet passait son
temps là-dessus les derniers temps. Elle sentait
son odeur. Sur la table traînait une bouteille de
Jack Daniels presque vide, on l'avait descendue
dans la soirée, Anna et moi. Elle disait que ça
l'aidait à dormir. Je l'ai finie au goulot et ça
m'a réchauffé l'intérieur. Le vent sifflait dans les
sapins, d'énormes grondements d'eaux, des
écoulements immenses inondaient le silence.
Dans la maison tout craquait, l'air vibrait dans
la cheminée, on aurait cru qu'elle allait éclater.
Les volets claquaient. Debout devant la fenêtre,
je voyais les arbres se tordre, j'entendais leur
grincement sinistre.

— Tu dors pas ?

Anna se tenait derrière moi. Je ne l'avais pas entendue arriver. Elle est venue se coller à moi. J'ai senti l'odeur de sa peau et ses seins contre mon dos. Ses bras m'ont enlacé, elle a posé son menton dans le creux de mon épaule et ses cheveux ont touché ma joue et mon front.

— C'est le vent qui m'a réveillée.

— J'ai descendu la voiture. Tout s'écroule là-haut. Un sapin est tombé pas loin.

Elle m'a embrassé dans le cou. Ses mains allaient et venaient sur mon ventre et ma poitrine. Ses gestes étaient doux et tièdes. Elle m'a serré un peu plus fort. Par la fenêtre on ne voyait plus rien. La brume envahissait tout.

— Quelle heure il est ? j'ai demandé.

— Quatre heures et demie.

Il me restait deux heures avant de partir pour le chantier. J'ai allumé une cigarette. Anna en a pris quelques taffes par-dessus mon épaule. Mes mains caressaient son dos. J'ai soulevé sa chemise en aveugle, trouvé son cul, sa peau était douce et glacée. Dehors c'était un déchaînement effrayant.

— Faut quand même que tu dormes une heure ou deux, elle a dit. Tu vas être crevé.

Elle a mordu la peau de ma nuque et ses doigts se sont glissés à l'intérieur de mon jean. Les vitres étaient sur le point de craquer, elles résistaient mais il n'y en avait plus pour long-temps, j'ai commencé à bander, la gouttière s'est détachée. Elle a défait les boutons, sorti ma queue et s'est mise à la caresser doucement. Anna me branlait au milieu des bruits de métal et de casseroles, de craquements innombrables, quelque chose comme la fin du monde. Elle a fait ça quelques secondes et j'ai fermé les yeux. Je n'étais pas sûr que la maison tienne.

— Faut que tu dormes Paul.

Elle a trouvé ma bouche, a glissé sa langue entre mes dents et puis elle est partie. Je suis resté un moment devant la fenêtre, la queue encore gonflée, à regarder les arbres qui flot-taient sur l'eau. J'ai pensé à Anna, à tout ce qu'elle endurait, à son visage et à sa fatigue, à la tendresse qui nous tenait.

Dans la cuisine, tout était humide. J'ai vidé la vodka. Il y avait du givre sur les vitres, de l'eau s'infiltrait et courait le long des tuyaux, à la surface des carreaux de céramique. La radio était branchée sur les ondes courtes. Ça grésillait et ça parlait en arabe. De temps en temps, ils passaient un air de musique. Je me suis assis et sur la table, il y avait les crayons de Léo, ses livres et ses cahiers. J'ai feuilleté ses lignes d'écriture. Il s'appliquait, il n'y avait pas de ratures. Depuis la rentrée, c'est Anna qui lui faisait la classe. À l'école, ils avaient dit qu'ils ne savaient plus quoi faire, qu'ils n'avaient pas les infrastructures pour gérer ce genre de cas. Sur un de ses dessins, il y avait un camion et un type dedans, coiffé d'une casquette. En dessous, c'était marqué « papa » en lettres de toutes les couleurs. Cela faisait trois ans que son père était mort.

Tout a sauté d'un coup et un jet d'eau s'est mis à asperger les murs. En quelques secondes, le sol du rez-de chaussée a été entièrement recouvert. J'ai fermé les arrivées d'eau, coupé le courant et je suis monté avec des bougies à la

main. L'escalier était plongé dans le noir. J'ai
pensé à toutes les fois où j'avais buté sur Chet.
Souvent il dormait là, entre deux étages, couché
sur le flanc. Une de ses pattes avant pendait dans
le vide, à la manière d'un chat. Quand je l'avais
enterré, j'avais creusé un trou immense. Je ne
sais pas ce qui m'avait pris, de creuser un trou si
large et profond. Ça avait duré des heures.
J'avais fini trempé de sueur et des crampes me
tordaient les bras. Cette nuit-là j'ai rêvé de lui.
Il courait dans un sous-bois humide. J'entendais
son souffle, je sentais son corps chaud et hale-
tant, ses muscles sous la douceur des flancs.

Anna dormait profondément. J'entendais son
ronflement léger derrière la porte. Je pouvais
imaginer son corps et le drap repoussé à ses
pieds. Elle et moi, il ne fallait surtout pas qu'on
se perde. On s'accrochait l'un à l'autre depuis
pas mal de temps et c'est comme ça qu'on avan-
çait. Dans le couloir ça sentait la poussière et la
sciure de bois. J'ai ouvert la porte, doucement
pour ne pas le réveiller. Il ne dormait pas. Il était

assis sur son lit, les jambes croisées, parfaitement immobile. Ce n'était pas la première fois que je le trouvais comme ça la nuit. Il fixait sa lampe de poche qui dessinait un rond de lumière sur le papier peint.

— Ça va? Tu ne dors pas?

Il s'est tourné vers moi et m'a répondu en hochant la tête.

— Qu'est-ce qui t'arrive? T'as eu un cauchemar?

Il a fait signe que non et s'est remis à fixer sa lampe. Je me suis assis près de lui. Les branches du sapin grattaient le mur. Il se balançait violemment, on le voyait apparaître et disparaître. On pouvait imaginer que certaines fois, l'arbre se pliait à l'horizontale et que la cime touchait le sol.

— Il y a un sacré vent cette nuit. Y a des sapins qui sont tombés. Tu veux venir voir à la fenêtre?

Au milieu du vacarme, j'avais presque besoin de crier pour être sûr qu'il m'entende. Il n'a pas bougé, s'est contenté d'attraper son dinosaure en plastique à l'autre bout du lit et l'a serré contre sa poitrine. Puis il s'est mis à le déplacer sur la couverture, à lui faire sauter les plis, à le cacher sous les draps. À quoi il pouvait bien penser, ce gamin ?

J'ai fermé les rideaux et vérifié la température du radiateur. J'ai prié pour que les canalisations de gaz tiennent le choc. Un bouquin traînait par terre, je l'ai ramassé et je l'ai posé sur le petit bureau en pin. Dessus, il y avait des dizaines de figurines. Des dinosaures miniatures, verts ou marron. Des feuilles de papier griffonnées s'entassaient en désordre. Sur plusieurs d'entre elles, Léo avait dessiné un genre de chien, blanc avec des taches marron et une langue énorme et rose qui pendait. Je me suis assis sur sa chaise. On pouvait incliner le dossier et rouler à travers la pièce.

– Il te manque, Chet ? j'ai fait. À moi aussi il me manque.

Le petit me regardait fixement. Il se tordait les doigts et se les mordait. Il semblait minuscule, avec son visage livide et son pyjama bleu. J'ai passé ma main sur sa joue. Il l'a chassée d'un geste brusque. Je me suis assis près de lui et j'ai commencé à le chatouiller sous les bras et sous les pieds. Il s'est tordu comme un ver en riant et c'était bon d'entendre des sons sortir de sa bouche. J'aurais voulu être capable de lui dire des choses sur son père. J'aurais voulu pouvoir lui dire des choses sur la mort mais je n'en savais pas plus que lui. Il était à bout de souffle et se tenait le ventre, je l'ai relâché et il s'est immédiatement collé un doigt dans la bouche et a repris son dinosaure. Je le regardais, je savais exactement ce qu'il ressentait. Quand mon père est mort j'avais neuf ans. Il paraît que j'ai fait comme si de rien n'était. Que je n'en ai jamais parlé à personne. Que je n'ai même pas eu l'air d'avoir de peine.

Je me suis allongé contre lui. Il a pris ma main et l'a serrée très fort. J'avais l'impression qu'il entendait tout ce qui me passait dans le crâne.

— Tu veux une histoire? j'ai demandé.

Il s'est penché, s'est mis à fouiller sous son lit et en a sorti un grand livre avec trois silhouettes noires qui se découpaient sur un fond bleu nuit.

Je lui lisais l'histoire des *Trois Brigands* et au fur et à mesure que je tournais les pages, ses yeux se fermaient. Au bout d'un moment, il a lâché son dinosaure. J'ai remonté sa couverture sous son menton. Je me suis dit que le week-end suivant, on irait faire du canoë. La vitre a éclaté et le vent et la pluie se sont engouffrés d'un coup malgré les rideaux. Juste après une branche de sapin est entrée dans la maison. Je suis allé voir à l'autre fenêtre et des arbres étaient couchés sur les lignes électriques, les poteaux cassés en deux comme des allumettes. Le petit ne dormait pas et dans ses yeux on pouvait lire de l'effroi. J'ai pris un anorak dans son armoire, je le lui ai enfilé et on est sortis de sa chambre.

Le jour commençait à se lever. Je me suis allongé nu près d'Anna. Elle a grogné parce que j'étais gelé, s'est retournée plusieurs fois et sa main s'est posée sur ma jambe. J'ai embrassé ses cheveux, je l'ai serrée dans mes bras. J'ai pensé à la mort de Luc, à Léo qui déraillait. J'aurais voulu pouvoir faire quelque chose contre tout ça mais il n'y avait rien à faire. Juste la serrer dans mes bras. Dehors le monde semblait vaciller, comme sur le point de rompre. J'ai pris la main d'Anna et je l'ai reposée sur son ventre. Je l'ai regardée dans la lumière hésitante. J'aurais tant voulu que tout s'apaise. J'aurais tant voulu que tout soit calme et tranquille.

De retour

À l'arrière du pick-up, ça brinquebalait dans un boucan terrible, les outils glissaient d'un bout à l'autre de la plate-forme. La nuit tombait doucement, au loin on devinait la maison perdue au milieu de la végétation rase et des chênes-lièges. Des oliviers étaient tombés, leurs troncs s'étaient brisés net, les branches reposaient sur le sol.

— C'est pas beau à voir.

Il plissait les yeux et tenait une cigarette coincée entre ses dents. Sa veste était parsemée de taches de peinture, couverte de sable, de poussière de plâtre. On voyait ses os sous le tissu, la peau tannée de son cou, ses rides profondes. J'ai fouillé dans la boîte à gants.

— Qu'est-ce que tu cherches ?

— Des clopes.

Il a passé sa main derrière le fauteuil, tripatouillé quelques secondes dans les poches de son blouson, en a sorti un paquet bleu avachi. Ça faisait trois ans que je n'avais pas fumé de brunes.

J'ai guetté le chien. Il venait toujours à notre rencontre en gueulant, sautait jusqu'aux fenêtres, manquait à chaque fois se faire écraser. La campagne est restée silencieuse.

— Ce vieux Lester ne vient pas nous saluer ?

— Lester est mort.

C'est tout ce qu'a dit le vieux. Puis il a descendu la vitre, jeté son mégot d'une pichenette dans les broussailles.

Dès que j'ai ouvert la porte, ça m'a submergé l'odeur familière, les meubles, les napperons, les bouquets de lavande et de fleurs séchées, les brocs ébréchés sur la commode, la lampe à pétrole, le poêle, la télévision allumée, tous ces trucs étouffants qui suintaient l'enfance et l'ennui. Le vieux s'est servi un verre de vin. Maman me tournait le dos, s'affairait devant ses casseroles.

— Maman.

— Ah mon petit, tu es là.

Je l'ai embrassée, elle avait vieilli, je le voyais bien. Je m'en étais rendu compte au fil des visites mais là, ça me sautait à la gueule, comme un reproche ou je sais pas quoi.

— Où est Jérémie ? j'ai fait.

— Jérémie ? Dans sa chambre, je crois.

— Je vais aller lui dire bonjour.

— Tu préfères pas attendre qu'il descende. Je veux dire, qu'il soit prêt ?

— Qu'il soit prêt ?

— Oui, enfin, tu sais bien. C'est pas facile pour lui.

En montant les escaliers, j'ai regardé mon père. Il n'était pas venu me voir, pas une seule fois. Durant tout le trajet, il n'avait rien dit ou presque. Juste il avait râlé un coup à cause du chantier qu'il avait dû quitter plus tôt et du boulot pas fini, ce sale con.

La chambre de Jérémie était vide, le bureau nu, le lit pas fait. Je me suis demandé où étaient ses jouets, ses affaires, sa collection d'animaux en bois. Dans le couloir, les ampoules avaient claqué et personne n'avait pris la peine de les chan-

ger. Chez les parents, le grand lit avait été rem-
placé par deux petits, séparés d'un bon mètre, et
sur la table de nuit, les photos avaient disparu. Il
régnait là-dedans une odeur d'eau de Cologne et
d'antimite. Par la fenêtre étroite, percée dans
l'épais mur de pierre, on voyait le potager, l'ap-
pentis et le pick-up garé pas loin, au milieu d'un
tas de parpaings, de bois et de ferraille rouillée.

La porte de ma chambre était fermée. J'ai prononcé le nom de mon frère, j'ai dit tu m'ouvres ?
C'est Lucas. Ouvre-moi bordel. J'ai attendu. Il
n'a pas répondu. Je me suis assis dans le couloir
et j'ai allumé une cigarette, écouté les bruits de
la maison. Le son étouffé du téléviseur, le vent
dans la cheminée, un robinet, les craquements
du bois.

Dans le salon, maman avait recouvert la table
d'une toile cirée, le couvert était mis. Le vieux a
attrapé une deuxième bouteille. Je me suis assis
près de lui, il a posé sa main sur mon épaule et j'ai
pas aimé ça. Lui et moi, on ne se touchait jamais.
Je ne crois pas que ça m'ait jamais manqué.

— Demain on se lève à sept heures. Alors ce soir tu fais comme tu veux, mais demain matin, je veux te voir frais comme un gardon, compris?

— Pourquoi je me lèverais à sept heures?

— Le patron m'a fait une faveur. Il veut bien te prendre à l'essai. Il est pas question que tu restes ici à rien branler.

Je n'ai pas répondu mais il pouvait aller se faire foutre. Jamais je mettrais les pieds sur son putain de chantier. Maman s'est pointée comme une fleur, avec son gratin de pommes de terre entre les mains. Rien n'avait changé.

— Jérémie ne vient pas manger? j'ai demandé.

— Il n'a pas faim.

Je ne me suis pas levé, je suis resté bien sagement à table. Je ne voulais pas faire d'histoires. Maman a rempli mon assiette.

— Qu'est-ce qu'il fout dans ma chambre?

— C'est sa chambre maintenant, a fait le vieux.

J'ai regardé maman, elle avait peur de moi, elle avait peur du vieux, elle avait peur de tout et ça se voyait dans ses petits yeux.

— C'est bien, j'ai dit. Pas de problème. De

toute façon j'étais pas là, elle servait à rien cette pièce. Et puis elle est plus grande que la sienne.

— Tu sais on a rien touché, on a rien changé. Le petit a juste amené ses affaires. Tu dormiras dans sa chambre. Ça te va ?

Je n'ai pas répondu. De toute façon, vu d'où je venais, tout m'allait.

La bouffe de maman, c'était vraiment bon. Trois années que je n'avais pas mangé un truc aussi bon. Quand j'ai dit ça, le vieux a posé sa fourchette, il a pas pris la peine de me regarder et il s'est mis à gueuler.

— Écoute-moi bien Lucas, tu vas pas nous emmerder toute la vie avec ça. Je veux plus en entendre parler, tu m'entends ?

En se levant il a fait tomber sa chaise et la porte a claqué. J'ai attendu le bruit du moteur mais rien n'est venu. Il avait dû prendre le sentier qui descend vers le torrent, je l'ai imaginé traverser les plants de lavande, tâtonner dans la nuit entre les rochers, se prendre les pieds dans une racine, trébucher et s'ouvrir le crâne contre une pierre.

— Il a pas mis son blouson. Il va prendre froid,
a dit maman.

Dans le salon silencieux, je l'ai serrée dans mes
bras.

— Faut l'excuser Lucas, elle a dit. Tu lui as
manqué. Tu nous as manqué à tous.

Le ciel était noir et rempli d'étoiles. Ça sentait
la terre et la roche, les herbes sèches, les pins et la
fougère. J'ai respiré à pleins poumons. On
entendait juste le bruit sourd d'une hache. Derrière la maison, le vieux coupait du bois, une
lanterne posée à quelques mètres de lui. Je l'avais
toujours vu faire ça. Couper du bois comme
un con pour se calmer. Même par grand vent.
Même sous la neige. Moi aussi je l'avais fait des
milliers de fois. Lui et moi on se ressemblait au
fond.

Je me suis installé au volant, j'ai mis le chauffage, allumé la radio. J'ai bu ma bière dans le
noir, protégé du froid par la tôle et le cuir.

Dans la lumière des phares, ça montait raide.
On débouchait sur une petite route au revête-

ment troué. Sur la gauche, un chemin plus large serpentait jusqu'à la rivière, j'allais y pêcher quand j'étais petit. Les derniers temps, j'emmenais Jérémie et il s'emmerdait ferme. La pêche, c'était pas son truc, il ne voulait pas préparer les appâts, ça le dégoûtait. Il préférait faire rouler ses voitures sur le sable ou alors lancer des cailloux dans l'eau.

La place était déserte et les ampoules blanches brillaient pour personne. Il faisait doux, je me suis assis un moment. C'était mieux qu'avant. Ils avaient changé l'enseigne et agrandi la terrasse jusqu'au platane. D'où j'étais, je pouvais la voir. Elle était au bar, moulée dans sa robe noire, les cheveux teints en rouge. Un type l'enlaçait. Elle était venue deux fois à la prison. Puis un jour, pas longtemps après, j'avais reçu une lettre, elle disait qu'elle pouvait plus, que c'était trop dur.

Le type l'a lâchée, il s'est dirigé vers les toilettes. Je suis entré et la chaleur m'a sauté au visage. L'odeur de l'alcool, du tabac et du café se mêlait à celle des fleurs séchées, la patronne les nouait en bouquets et les suspendait aux poutres.

Le patron m'a reconnu, il m'a serré la main en me regardant dans les yeux et ça m'a plu. Ça fait plaisir de te voir, il a dit. Des vieux descendaient des pastis en gueulant, des filles jouaient au billard, leurs mecs les regardaient du coin de l'œil en buvant des bières. Elle m'a repéré tout de suite, je l'ai vue paniquer et me tourner le dos, plonger son nez dans son verre. Je me suis demandé de quoi elle avait peur.

— Tu vas bien ? j'ai demandé.

— Qu'est-ce que tu fais là Lucas ?

— Ben je suis là, c'est tout. Ça y est, c'est fini. Je suis rentré chez mes vieux. Je suis venu boire un coup. J'espérais te voir.

— T'espérais me voir ? C'est quoi ces conneries ?

— C'est pas des conneries. Je viens juste d'arriver ici, je suis sorti cet après-midi, le vieux est venu me chercher. J'avais envie de boire un coup, je me suis dit je vais aller chez Roger, des fois qu'elle y serait, juste histoire de te faire signe.

Elle a soupiré. Je pouvais sentir son souffle et les vibrations de son pied qui battait la mesure. Elle n'arrêtait pas de regarder en direction des toilettes, de surveiller la porte.

— Te fatigue pas, j'ai fait. Je vais te laisser tranquille. Je voulais juste te dire bonsoir. C'est tout.

Je l'ai laissée et je me suis assis au fond du café. J'ai commandé une vodka. J'ai bu sans penser à rien, juste à l'étonnement d'être là, à nouveau, dans ce café, à boire une vodka. Un peu plus tard, elle est sortie. Par la vitre, je l'ai vue enfourcher la moto, se tenir aux hanches de ce type, puis l'enlacer et coller sa tête contre son dos.

Le café s'est vidé. J'ai payé ma tournée, histoire de fêter mon retour. On m'a tapé dans le dos, on m'a serré le bras, l'épaule, pincé la joue, j'avais chaud, j'étais saoul, c'était bien. J'ai fini autour de la fontaine, avec deux types éméchés, le patron nous avait filé une bouteille de rouge et des verres en plastique.

Je ne suis pas rentré tout de suite. J'ai roulé jusque chez elle. Dans sa chambre il y avait de la lumière. Je me suis assis sous le figuier, j'ai fumé jusqu'à ce que tout s'éteigne. J'ai fouillé l'arrière du pick-up. C'était bourré de bidons d'huile et d'essence.

J'ai pris le chemin de terre. Ça descendait et on ne voyait rien. J'ai pensé au chien, j'ai eu peur de l'écraser. Et puis je me suis souvenu. Lester était mort, c'est ce qu'avait dit le vieux.

Sur la banquette arrière, j'ai trouvé une veste, je l'ai enfilée. Je rentrais à peine dedans. Le vent s'était levé, il agitait les branches des oliviers. La maison avait cet air étrange qui ne la quittait jamais vraiment. C'étaient d'infinis ajouts, rapiéçages, allongements, des blocs aux formes mal ajustées. Certains murs étaient nus, d'autres crépis d'un blanc sale. Le vieux avait tout bâti de ses mains.

J'ai marché au milieu des rochers moussus, les fougères étaient encore vertes. Les serpents se planquaient. Jérémie en avait peur. Plus petit, il refusait de passer par là, il faisait le tour ou grimpait sur mes épaules. Mais c'était il y a longtemps.

J'ai passé mes mains sur l'écorce d'un chêne-liège, j'ai suivi les aspérités, les creux, les renflements, les fissures, les rides. C'était bon et apaisant. La lune était un rond parfait, blanc et calcaire. Dans les fourrés, un lièvre a détalé en faisant bruisser les herbes. Je me suis branlé doucement.

Le vieux était seul dans le salon. Il avait chaussé ses lunettes. Je l'ai observé. Ses gestes étaient précis, ses doigts ne tremblaient pas. Sur la grande table étaient disposés des plombs, des mouches, des cuillers argentées. Il montait ses lignes dans la nuit.

— Tu me passes une cigarette, fils ?

Je lui ai tendu mon paquet. Il a fait une grimace parce que c'étaient des blondes. J'en ai tiré une, l'ai allumée.

— Tu pêches toujours ? j'ai demandé.

— Et pourquoi j'aurais arrêté... J'y vais avec ton frère la plupart du temps. Il se débrouille bien le gamin. Ce qu'il aime, c'est la truite, à la mouche. Tu peux venir demain soir si tu veux.

– On verra pa. Je sais pas encore trop bien ce que je vais faire.

– Tu devrais aller te coucher en attendant. J'ai préparé ton lit. J'ai mis le chauffage. Tu ne seras pas trop mal là-haut. Demain je viendrai te réveiller.

En haut des escaliers, j'ai aperçu Jérémie. Il s'est volatilisé et j'ai entendu ses pas et le verrou. Je suis monté. J'ai collé mon oreille à la porte et je pouvais le sentir, vraiment. Je l'entendais suspendre sa respiration.

– Ça va frangin ? Tu sais quoi, cette nuit, je laisse ma porte ouverte. Tu viens me voir quand tu veux. Faut qu'on parle toi et moi.

Le lit était petit. Mes pieds dépassaient. Je me suis allongé sans défaire les draps, le noir profond m'absorbait. Je me suis endormi comme une masse.

Jérémie est entré sans un bruit. Son pyjama trop court laissait voir le bas de ses mollets, son ventre et ses avant-bras. Il marchait en faisant glisser ses chaussettes. J'ai fait semblant de continuer à dormir. Il s'est blotti contre moi, j'ai réalisé combien ça m'avait manqué. J'ai grogné, je me suis retourné et nos visages se touchaient presque. Il me fixait avec une drôle d'intensité.

— Ça va ? je lui ai demandé.

— Ouais. Et toi ?

— Ça peut aller.

— T'as fait quoi ce soir ?

— Je suis sorti. Faire un tour, boire un coup. Enfin tu vois, la routine. Et toi ?

— Ben j'ai fait mes devoirs, et puis je me suis couché.

— Vous allez à la pêche, demain, avec le vieux ?

— Oui.

— Il paraît que tu te débrouilles comme un chef, que t'es le roi de la truite. J'aimerais bien voir ça.

— T'as qu'à venir. Allez, viens avec nous.

— On verra, je viendrai peut-être. Je sais pas. De toute façon on a tout le temps. On ira peut-être tous les deux, juste nous deux, sans pa.

Il me fixait drôlement, détaillait mon visage.

— C'est quoi ça ? il a demandé en indiquant mon front.

— Une cicatrice…

— Tu t'es fait ça comment?

— Je me suis battu.

— Pourquoi tu t'es battu?

— Pour rien des conneries. C'est comme ça là-bas. Faut se battre pour pas qu'on t'emmerde.

— C'était comment?

— Là-bas? Écoute, je préfère pas trop en parler.

Jérémie a hoché la tête. Il s'est rapproché de moi, s'est blotti. Je pouvais sentir son crâne, ses cheveux, sa peau d'enfant. Au bout d'un moment, j'ai entendu sa respiration profonde et calme.

Lacanau

En pleine nuit, la lumière blanche, c'était plus froid et cru que jamais. J'ai posé mes lunettes à côté de l'ordinateur. Je me suis frotté les yeux. Dans le petit miroir près des photos, j'ai vu qu'ils étaient rouges. J'ai regardé mes deux filles, leurs sourires en arrêt.

J'ai flâné entre les bureaux, certains alignés, d'autres en quinconce, pour la plupart jonchés de papiers et de dossiers en cours. Des tasses de café en plastique marron s'empilaient près de cendriers pleins. Accrochés au faux plafond moucheté, les néons grésillaient, accusaient de très légères baisses de tension. Mes pas claquaient mollement sur le revêtement plastifié.

Le café était brûlant, je l'ai bu debout près des ascenseurs. Par la porte entrouverte, j'apercevais le bureau impeccable d'Isabelle Cheveau. Elle était partie deux heures plus tôt. Elle m'avait

dit : je ne veux pas le savoir, elle m'avait dit : je
veux ce dossier demain matin sur mon bureau et
moi j'avais répondu : mais demain c'est le 25
décembre, j'avais répondu ça, prononcé ces
mots-là avec ce ton geignard qui l'exaspérait et
qui faisait que parfois je me dégoûtais. J'avais
senti les larmes monter, je les avais senties venir,
je me suis dit non, pas cette fois, tu ne vas pas
encore pleurer devant elle, et j'ai serré les dents
jusqu'à les entendre crisser, j'ai serré les mâchoires
jusqu'à la douleur.

— Eh bien demain, imaginez-vous que moi je
travaille, Noël ou pas, elle a fait. J'ai une réunion
le 26 à la première heure et il me reste une journée de boulot complète pour tout préparer. Et
tout ça c'est votre faute. J'ai besoin de votre dossier pour avancer. Si vous n'aviez pas pris autant
de retard…

— Vous savez bien que ma fille a été malade.

— Écoutez, ça ne me regarde pas. Tout ce que
je sais, c'est que vous n'avez pas fini dans les
délais. Tant pis pour vous. Et tant pis pour moi,
qui vais devoir travailler le jour de Noël. Bon, je

ne vous retiens pas, vous avez du pain sur la planche. Au revoir, et surtout vérifiez bien toutes les données, je ne veux pas d'erreur.

J'ai fini mon café. Sans réfléchir, je suis entrée dans son bureau. Je me suis assise dans son fauteuil pivotant, je l'ai fait tourner, je me suis retrouvée face à la baie vitrée. J'étais seule au quarante-septième étage de la tour. Vu d'ici, le parvis n'était plus qu'une petite plaque de béton. À cette heure, tous bureaux fermés, la Défense était une ville fantôme, noire et inquiétante. En face, des femmes de ménage s'activaient, vêtues de blouses roses, des noires pour la plupart. Je les ai regardées un bon moment, elles traînaient leurs chariots sur la moquette pâle, vidaient les cendriers dans les poubelles, les poubelles dans de grands sacs. Elles jetaient des gobelets et des papiers déchirés, passaient un chiffon ou une éponge sur les bureaux, époussetaient les claviers d'ordinateur, nettoyaient les écrans. Parfois elles disparaissaient durant quelques secondes et revenaient armées d'un aspirateur qui semblait peser des tonnes. Je me suis demandé vers quelle heure arriveraient celles qui s'occupaient de nos locaux. Je n'étais jamais restée assez tard pour les voir.

J'ai eu envie d'appeler les filles mais je me suis retenue. J'avais encore dans le crâne et les oreilles la voix étranglée de la grande quand je lui avais annoncé qu'on fêterait Noël le lendemain midi, qu'on ouvrirait les cadeaux au petit déjeuner.

— Tu fais chier maman, elle avait dit. C'est nul à midi. Moi ce que j'aime c'est le réveillon, la nuit, le sapin allumé, je sais pas. Et qu'est-ce que je vais lui dire à Margot, elle me gave depuis ce matin avec le père Noël et ses patins à roulettes qu'elle a commandés. Et puis on avait fait des pâtes d'amandes. C'est nul. Si j'avais su, on serait allées chez papa.

J'ai allumé l'ordinateur d'Isabelle Cheveau. Son fond d'écran c'étaient juste des motifs géométriques et bleus. J'ai cliqué sur ses dossiers. Des valises s'ouvraient les unes après les autres, débouchant sur des dossiers en cours, essentiels ou importants, classés par années et par clients. Sur sa boîte outlook, trois messages sont tombés, deux publicités pour des voyages en club à prix cassés, un troisième pour un abonnement à tarif préférentiel au Gymnase Club. J'ai fait défiler les messages reçus, les copies de courriers envoyés, j'ai cherché en vain quelque chose de non strictement professionnel. J'ai cliqué sur Netscape Navigator. L'historique de ses connexions ne laissait rien apparaître sinon une liste impressionnante de sites d'informations économiques, juridiques et financières.

Les tiroirs de son bureau étaient impeccablement rangés. S'y empilaient des pochettes grises et fermées, à rabats et élastiques. Sur leurs tranches on pouvait lire en lettres minces et précises des dates et des noms de clients. Dans le dernier tiroir, j'ai trouvé des fiches cartonnées. C'étaient nos évaluations de fin d'année. Elles étaient remplies au crayon de papier pour la plupart, sur certaines étaient collés des Post-it jaunes où l'on déchiffrait des observations et des objectifs. Sur ma fiche, il était déploré mon manque d'investissement. J'ai pensé aux quarante heures par semaine que je passais là, à mes deux heures et

demie de trajet quotidien, à mes filles qui se plai-
gnaient parce que je rentrais tard et que la lessive,
le ménage n'étaient pas faits, le repas pas préparé,
qui râlaient quand le week-end je me sentais trop
fatiguée pour les emmener où que ce soit, qui
finissaient toujours par dire : avec papa au moins
on s'amuse… J'ai pensé à tout ça et à ce qui était
noté là. J'ai sorti mon briquet, j'ai regardé les
fiches. La porte s'est ouverte. Une femme est
entrée, vêtue d'une blouse verte. Ses cheveux
étaient recouverts d'un fichu multicolore.

— Bonsoir. C'est plus Mme Cheveau dans ce
bureau ? elle a fait.

— Si, si, j'ai répondu. Je cherchais juste un
dossier, c'est tout.

— Ce que vous faites ça me regarde pas
madame. C'est juste qu'elle reste souvent tard et
que vous je vous avais jamais vue.

— Ah bon, vous la voyez souvent, Mme Cheveau ?

— Je sais pas, deux ou trois fois par semaine.
Enfin, elle me dit juste bonjour et se remet à son
ordinateur, rien de plus vous savez.

J'ai refermé le tiroir et je suis sortie tandis qu'elle vidait la poubelle. J'ai regagné mon bureau, regardé les filles sur la photo. Je l'avais prise pendant les vacances. Elles riaient aux éclats et derrière elles, on voyait le tissu bleu de la tente. Elles s'étaient tellement plu là-bas. Elles voulaient y retourner l'été prochain. Moi j'aurais bien aimé changer, aller en Italie pourquoi pas, ou en Espagne. Mais au final on ferait comme elles voudraient. Si elles voulaient retourner à Lacanau, on y retournerait. Et puis j'aimais bien les dunes immenses et piquées d'herbes hautes, et la mer en rouleaux énormes, où l'on croit se noyer mille fois par jour. Les sentiers de sable tassé et couverts d'épines, les troncs rouges des pins sous l'écorce, les parfums et la sueur légère sur le front. Cette fois-ci on louerait des vélos. Des pistes de ciment rouge serpentaient entre les arbres, allaient du camping au village et du village à la plage.

J'ai feuilleté la pile de dossiers qu'il me restait à éplucher. J'ai regardé l'heure. Il était presque minuit. J'ai calculé rapidement qu'en m'y mettant vraiment, j'en avais pour trois heures. J'avais un peu faim, mais j'attendrais d'être chez moi. À cette heure-ci tout était fermé, il fallait prendre le métro pour trouver un sandwich.

En face un bureau s'est éclairé. Un homme et une femme y sont entrés. Je les ai regardés s'embrasser et le type a soulevé la fille et l'a assise sur un large bureau noir. Il a commencé à l'embrasser dans le cou et à masser ses cuisses. Puis il s'est interrompu, s'est dirigé vers la vitre. La fille lui a montré quelque chose. J'ai mis un peu de temps à comprendre que c'était moi qu'elle désignait. Le type m'a fait signe. Je lui ai répondu. Puis il a baissé le store. À voix haute j'ai murmuré, comme à leur attention : joyeux Noël. Et puis j'ai pensé que cela devait faire quatre ou cinq mois que je n'avais pas fait l'amour. Il tenait le bar du camping. Il était gentil et doux. Il me faisait rire. La grande avait vu mon manège et m'avait dit qu'elle me trouvait pathétique. J'ai compris soudain qu'elle avait quatorze ans et qu'à cet âge, elle savait à peu près tout ce qu'on pouvait savoir de la vie.

Je me suis remise au travail. La femme de ménage circulait lentement, allait de bureau en bureau, passait un coup d'éponge, un chiffon, soulevait des objets qu'elle prenait soin de reposer à leur place exacte. Je me suis demandé si elle faisait toujours ça aussi consciencieusement ou si c'était seulement parce que j'étais là.

Au bout de quelques minutes, elle est arrivée près de moi et m'a demandé si je voulais qu'elle nettoie mon bureau, elle en avait pour quelques minutes. J'ai répondu que ça pouvait attendre.

— Ah, alors c'est vous qui êtes là.

— Ben oui, c'est moi.

— À chaque fois que je viens, je m'assieds à votre bureau pour faire ma pause. Je fume une cigarette. Ça ne vous dérange pas ?

— Bien sûr que non.

— C'est à cause de la photo. Vos filles elles sont tellement mignonnes. Surtout la petite. Elle est rigolote, avec ses dents.

J'ai hoché la tête et elle m'a souri.

— Je vous empêche de faire votre travail, là. De

toute façon ce soir je vais faire vite. C'est Noël,
je ne veux pas rentrer trop tard.

Je l'ai regardée s'éloigner en traînant son chariot. Il m'a semblé qu'elle chantonnait.

Avant de partir elle m'a crié au revoir. J'ai
bâillé, j'étais morte de fatigue. J'avais peur de
m'endormir assise devant l'ordinateur allumé.
Dans les toilettes, je me suis passé un peu d'eau
sur le visage. Vers deux heures et demie du
matin, mon téléphone a sonné. Mon cœur a
sauté dans ma poitrine, j'ai eu peur que ce soit
les filles, qu'il leur soit arrivé quelque chose, un
cambrioleur ou le feu à l'appartement. J'ai
décroché et c'était Isabelle Cheveau. Elle voulait
s'assurer que tout serait bien terminé, que tout
serait sur son bureau, et les fichiers transférés sur
son ordinateur. J'ai répondu que oui, tout serait
fait, et j'ai raccroché. À haute voix, j'ai dit sale
conne, et puis aussi je t'emmerde. J'ai pleuré
mais c'était juste la fatigue et la rage. Je pensais à
mes filles dans l'appartement triste, je me suis
dit qu'il faudrait que je le décore un peu mieux,

que je mette des couleurs, des tissus, des tapis, des affiches, j'ai pensé aux cadeaux que je leur avais achetés et je me suis trouvée pingre. Je me suis demandé où je pourrais trouver des jouets, bien sûr c'était impossible de trouver quoi que ce soit à cette heure, qui plus est pendant la nuit de Noël. J'ai traité les huit dernières fiches. Je n'ai pas eu la force de relire. J'ai tout imprimé et j'ai éteint mon ordinateur.

La route était déserte. Tout semblait mort ou éteint. La radio diffusait des chants de Noël et c'était irréel, de rouler dans la nuit en écoutant ça. Mes yeux se fermaient de temps en temps. J'aurais pu m'assoupir doucement. J'étais dans cette chaleur cotonneuse qui précède le sommeil. Je n'ai rien senti quand la voiture a basculé. Puis il y a eu un choc, je crois que j'ai crié, l'airbag s'est déclenché, j'ai entendu un bruit de tôle enfoncée, de métal, de ferraille, de verre brisé et tout s'est éteint d'un coup. Les phares, le moteur, la musique. Je suis sortie de la voiture et j'ai compris que j'avais dévié avant d'échouer dans le fossé sur le bas-côté de la route. Les phares avant étaient brisés, une roue crevée et le pare-chocs sévèrement enfoncé. Derrière moi, j'ai entendu une voix.

– Vous n'avez rien madame ?

C'était un gros type à casquette doublée de laine blanche et chemise de bûcheron. Derrière lui, un camion était garé, phares et moteur allumés. J'étais immobile, incapable d'effectuer le moindre geste, de prononcer le moindre mot. Le froid me faisait claquer des dents mais je n'avais même pas la force de boutonner ma veste. Le type a dit qu'il allait appeler une dépanneuse. Il m'a demandé si j'avais une assurance, une assistance ou quelque chose de ce genre. J'ai tiré mon portefeuille de ma poche et je le lui ai tendu. Il a fouillé, a sorti un papier vert et s'est mis à composer un numéro sur son téléphone portable. L'oreille collée à l'appareil il m'a dit que je ferais mieux d'aller dans son camion, au chaud. Il y avait du café sur le siège passager, je n'avais qu'à me servir. J'ai marché vers l'habitacle énorme. Je me suis hissée sur le cuir épais d'un fauteuil et j'ai claqué la porte. Il faisait vraiment bon, le poste jouait des chansons

country, des babioles pendaient du rétroviseur et
le plafond était quasiment recouvert de photos.
Sur plusieurs d'entre elles, on reconnaissait la
même femme. Elle devait avoir une quarantaine
d'années et ses cheveux blonds grisonnaient. On
le voyait aussi, lui, une bière à la main, ou dans un
jardin avec d'autres types, devant un barbecue
d'où s'échappait une fumée épaisse. Entre les deux
sièges s'empilaient des cartes froissées, des maga-
zines de sport et des papiers griffonnés. Au bout
de quelques minutes, il m'a rejointe et s'est installé
au volant. Il a frotté ses mains en disant : putain ce
qu'il fait froid. J'ai ouvert la Thermos et je lui ai
servi une tasse de café.

— Il est encore chaud, j'ai fait.

— Ah, ben vous avez retrouvé votre langue,
vous.

Je n'ai pas su quoi répondre. Je me suis sentie
stupide et minuscule, j'avais l'impression confuse
d'être une petite fille qu'on prend en faute et ce
type me rappelait ces oncles qui vous posent
toujours des questions un peu gênantes pendant
les réunions familiales.

— On va attendre la dépanneuse et puis je vais vous ramener chez vous. Enfin si vous habitez pas trop loin. Sinon ils vous appelleront un taxi.

On a attendu comme ça une bonne dizaine de minutes et la dépanneuse est arrivée. Un type en est sorti et en le voyant je me suis dit que, sûrement, il devait être tranquille chez lui quand on l'avait appelé pour lui dire qu'il y avait un dépannage urgent à faire, peut-être il dormait avec sa femme, ils avaient dîné tard sans regarder la télévision pour une fois et vers minuit elle lui avait offert une nouvelle canne à pêche. J'ai eu honte tout à coup.

— Qu'est-ce qui s'est passé ?
— Je me suis endormie.
— Vous aviez bu ?
— Non, j'étais fatiguée, j'ai travaillé tard.
— Ouais ben faut faire attention quand même, moi aussi je travaille tard, et le monsieur là-bas aussi. Si tout le monde s'endort dès qu'il est fatigué, on est mal barré.

Il s'est installé au volant, a vérifié que plus rien ne marchait. Après ça, il a calé un crochet énorme sous la voiture, reliée à la remorqueuse par un épais filin d'acier. Il est monté dans son engin, a démarré et j'ai regardé ma vieille bagnole s'extirper du fossé.

J'avais en poche l'adresse du garage, je pourrais appeler dès le 26 pour connaître l'étendue des dégâts et le montant des réparations. Le type avait dit que ce n'était pas grand-chose, mais que les assurances n'aimaient pas les gens qui s'endormaient au volant. J'ai essayé de chasser l'angoisse qui est montée alors, en pensant à l'argent qu'il faudrait débourser pour récupérer ma voiture, je n'avais pas un euro de côté. Quand on vivait encore ensemble, Patrick m'engueulait toujours pour ça, tu es dépensière, il disait et moi je faisais mes comptes et je ne voyais rien d'autre que des dépenses alimentaires, ou alors des vêtements pour les filles, et puis le gaz, l'électricité, le téléphone, le loyer et rien d'autre.

On est remontés dans le camion. Il m'a demandé si ça allait. J'ai dit oui, que ça allait mais que j'avais sommeil. Il a sorti de derrière les sièges une couverture et un oreiller. Il me les a tendus. Je lui ai indiqué l'adresse et il a démarré. Je n'ai pas dormi mais c'était bon de garder les yeux fermés et d'écouter le moteur et la musique à bas volume, de l'entendre lui, tousser, s'allumer une cigarette, tapoter du bout des doigts sur le volant, se gratter les joues, soupirer de temps en temps.

Il m'a laissée à l'entrée du lotissement. J'ai voulu lui donner quinze euros pour le dérangement mais il a refusé. J'ai insisté en disant que ça l'avait mis en retard, que c'était la nuit de Noël, il m'a dit que de toute façon, quand il m'avait vue, il s'apprêtait à faire la pause, qu'il aurait dormi deux ou trois heures, qu'au lieu de ça il allait continuer à rouler, ça ne faisait rien. Je lui ai dit d'être prudent. Il m'a souhaité joyeux Noël et l'énorme camion s'est éloigné. Il avait hâte de rentrer chez lui, ce serait seulement en fin de semaine, ses enfants lui manquaient, il s'en voulait de n'avoir pu passer Noël avec eux, c'est ce qu'il avait dit, à un moment.

Je n'ai pas allumé la lumière. Je me doutais qu'elles ne seraient pas dans leur chambre. Dans la pénombre, j'ai vu la forme que faisait la grande, endormie sur le canapé. Le sapin clignotait et éclairait par intermittence le visage de Margot. Elle avait mis une couverture sur le carrelage, l'avait étendue sous l'arbre et elle dormait là. Je suis allée chercher les cadeaux dans le garage. Je les ai disposés au centre du salon. La petite a ouvert les yeux. Elle a eu l'air étonnée de me voir. Et puis j'ai compris que c'était parce que j'avais des cadeaux dans les bras.

— Le père Noël les a laissés devant la porte. Je te l'avais dit, il ne vient que s'il est sûr que les enfants dorment bien dans leur chambre.

Elle a paru rassurée, s'est réveillée tout à fait en se frottant les yeux, m'a embrassée et s'est mise à sauter dans tous les sens, à trépigner dans son pyjama en poussant des cris hystériques. La grande s'est retournée plusieurs fois, a grogné qu'elle dormait, s'est enfouie dans sa couverture et a fini par ouvrir les yeux.

– Bonjour maman. Il est quelle heure ?

– Cinq heures du matin. Le père Noël est passé.

Je les ai regardées s'asseoir sur le tapis. À chaque paquet, Margot disait : ouah, exactement ce que je voulais. La grande me jetait des coups d'œil qui voulaient dire merci chaque fois qu'elle déballait un disque ou une vidéo. Je me suis allongée sur le canapé. J'ai pris une pâte d'amandes sur la petite table. Elle était rose et coincée entre deux cerneaux de noix. J'ai fermé les yeux et j'ai repensé au type du camion, à ce qu'il m'avait dit à un moment, que lui aussi passait ses vacances au camping de Lacanau, que ça faisait pas mal de temps qu'il emmenait les vélos et que c'était vraiment bien de rouler sur les aiguilles, de serpenter entre les grands pins, de déboucher sur la dune. Je me suis dit que ce serait drôle qu'on se croise là-bas l'été prochain.

En douce

Des fois je me demande, vu la vie qu'on mène tous les deux, je me demande si seulement elle s'en apercevrait. Si pour elle ça ferait une différence de ne plus me croiser comme une ombre un fantôme ou un mort dans la maison. Si ça changerait quelque chose que je disparaisse de sa vie. Je finis mon verre et c'est dimanche soir et toujours le dimanche soir je pense à ce genre de trucs et ça m'étrangle. Je pense au lendemain, au boulot au supermarché, aux collègues, au patron et ça me donne envie de crever. Quand j'étais petit, les parents regardaient le film et je n'arrivais pas à m'endormir, je pensais au lendemain, à la semaine qu'il faudrait tirer, aux leçons aux contrôles et ça me serrait la gorge. Dès le dimanche matin ça me serrait la gorge.

Au bar-PMU, je m'enfile bière sur bière pour m'abrutir et ne plus sentir l'angoisse et la dou-

leur. Cela peut durer longtemps. Jusqu'à la fer-
meture. La douleur et l'angoisse ne partent pas,
elles ne lâchent jamais, ne desserrent jamais les
dents. Ce bar, je ne peux pas dire que je l'aime
mais c'est dimanche et c'est le seul à être ouvert
et je n'ai pas envie de rentrer chez moi. Le sol est
jonché de papiers blancs et de mégots. Dehors,
autour, il n'y a plus rien, tout a fermé. Je finis
mon verre en contemplant les bagnoles, les
gamins, les caddies abandonnés, le parking où
volent des sacs en plastique. Les gosses qui slalo-
ment entre les arbres avec leurs mobylettes. Au
comptoir on est plusieurs on parle de tout et de
rien, des conneries, on se connaît à force. Il y a
Majid et Jacques et M. Henri et cette vieille avec
ses mégots de cigarettes qu'elle ramasse et qu'elle
fume entre ses gencives édentées. Pour la plupart
ils ne travaillent pas, à leur âge c'est fini, personne n'a plus rien pour eux. M. Henri, il a fait
ses trente ans à l'usine, il a quarante-cinq balais
mais je peux vous dire qu'il en fait le double. Les
machines, il dit qu'il continue à les entendre,
que ça s'agite dans son crâne, que ça l'empêche

de dormir. Tout ce que je sais, c'est qu'il a du mal à nourrir ses gamins et que ça le fait pleurer de honte.

Quand ils ont fermé les ateliers, ç'a été la foire pendant deux trois semaines et puis après on n'en a plus parlé. Les télés sont venues, quelques politiques aussi. Ils ont partagé les merguez et la chaleur des braseros et puis ils sont partis en nous assurant que les mesures seraient prises pour qu'on soit reclassés. Tout le monde a fini à l'ANPE. Jacques continue à tenir à coups de congés maladie. Il touche encore ses droits et c'est le seul. Il n'y a que moi qui ai retrouvé du boulot, parce que je suis plus jeune. Cela fait deux ans que je bosse dans ce supermarché. Ce n'est ni mieux ni moins bien qu'avant. C'est juste insupportable, comme n'importe quel boulot de merde.

Le bar ferme et l'enseigne verte s'éteint. On se retrouve dehors comme des cons et on se dit au revoir en se tombant dans les bras. Après, je marche avec Majid et c'est la nationale et les enseignes alignées, les feux, les voitures, les restaurants les cubes en tôle, Saint-Maclou, But, La Halle aux chaussures, les zones commerciales, les zones d'activité, les zones industrielles, plus haut l'hôpital et la gare RER, plus bas la maison de quartier, l'ANPE et les alignements de pavillons, les jardins les terrains vagues. C'est là que je vis. Majid me salue d'un mouvement de tête et je le regarde s'éloigner. Je ne sais pas où il habite. Le samedi matin, je le vois de temps en temps, il fait les marchés, il aide les types à décharger et à remballer la marchandise. Il repart chez lui avec des cageots de légumes invendus et d'énormes sacs de pommes de terre.

Je rentre et déjà elle dort. Ça fait deux ans qu'elle ne travaille plus mais elle continue à se coucher tôt et à se lever à six heures du matin. Elle dit que sinon c'est le début de la fin. Moi je crois que la fin, ça fait longtemps qu'on l'a dépassée. À tous niveaux et dans tous les sens. Elle voit un type, je sais bien qu'elle le voit et qu'il la baise mais je crois que je m'en fous. Elle l'a rencontré aux Assedic, ils faisaient la queue ensemble plusieurs fois par mois, des fois ça durait quatre ou cinq heures. Un jour elle m'a parlé de lui, elle m'a dit : tu sais je crois que je me suis fait un ami et ça me fait du bien parce qu'on ne voit jamais personne et ce n'est pas une vie de jamais sortir, de jamais voir personne, de rester tous les soirs à la maison devant la télé ce n'est pas une vie. Ils se sont mis à passer du temps ensemble, ils allaient au supermarché, ils buvaient des coups au centre-ville, je crois même qu'une fois ils sont allés au cinéma.

Je m'assieds dans le fauteuil du salon, et j'allume la télévision pour tuer le silence. Je me retiens mais je sais très bien qu'il suffirait d'un rien pour que tout explose, que je hurle ou que je fonde en larmes. Elle, elle dit que je suis malade et qu'il faut que je me soigne, que je consulte un docteur, un psy ou ce genre de trucs. Je ne supporte pas quand elle dit ça, je lui dis de fermer sa petite gueule et je serre ses joues avec mes doigts jusqu'à ce que dans sa bouche ça se rejoigne. Je ne supporte pas qu'elle dise ça mais au fond je sens bien comme tout part en vrille,

comme tout craque à l'intérieur. Vendredi je suis
allé voir ce type. J'ai pris ma journée, je suis allé
à l'hôpital, là-haut par-dessus la ville. De là, les
voix ferrées paraissaient minuscules et la Seine,
un ruban gris longé d'arbres malades. J'ai
attendu longtemps dans un couloir aux murs
peints en rose et ça sentait la soupe et l'éther et
l'eau de Javel. J'ai attendu qu'il me reçoive et il
m'a reçu dans son bureau impeccable. Je lui ai
tout déballé et vraiment ça me faisait mal de me
répandre comme ça devant un connard pareil. Je
me suis senti pitoyable et nul. Il m'a écouté bien
patiemment, et puis il a pris sa voix posée et ses
grands airs à la con et il a parlé de tous ces trucs,
ces histoires de rupture et aussi qu'il fallait que je
me soigne. D'un endroit où aller avec les piqûres
et les médicaments les infirmières et le parc, les
visites le silence les arbres nus, l'herbe gelée le
calme une pièce d'eau, des allées des chambres
claires des repas réguliers des horaires et du
calme encore du calme et du repos. Je lui ai
demandé s'il ne pouvait pas plutôt me filer un
arrêt maladie et là il a dit : d'accord je vois je

comprends. C'est pour ça que vous êtes venu et vous m'avez baratiné. Ici on soigne les malades, pas les fainéants. C'est ça qu'il a dit, ces mots qu'il a prononcés. Je suis sorti de son bureau, j'ai shooté dans un chariot et tout a valdingué. Les seringues, les produits, les médicaments. J'ai quitté l'hôpital, j'ai pris des rues en pente, il pleuvait un crachin dégueulasse. Je suis rentré chez moi. Je me suis garé en face, bien en face de la grille, de la maison, de l'arbre nu, de la plaque de ciment pour la voiture, des graviers, des thuyas, bien en face des pierres meulières des tuiles orange, je voyais les fenêtres allumées, à gauche la cuisine à droite le salon, j'ai éteint le moteur mis la radio, il faisait déjà nuit et les lampadaires étaient allumés. Je suis resté long-temps comme ça. J'ai pensé à ce qu'avait dit le médecin, aux gars du bar-PMU, à Majid, à M. Henri. Au boulot et à l'épuisement. Au week-end qui finirait avant même que je le voie commencer. À elle qui voyait ce type et à la vie qu'ils pourraient avoir tous les deux si je n'étais pas là. Une vie tranquille et nouvelle, une vie lavée.

Les voisins rentraient chez eux chacun leur tour, ils rentraient du travail je les voyais sortir de leurs bagnoles rajuster leur chemise et pousser la porte. Je les ai tous vus et j'ai pensé tant pis, je trouverai une solution mais plus jamais je n'y mettrai les pieds, dans ce putain de supermarché. De temps en temps je voyais son ombre passer derrière les rideaux. Je la voyais et elle, elle ne me guettait pas, elle ne s'approchait pas de la fenêtre pour voir si j'arrivais, sûrement elle n'en avait rien à foutre. Et puis je l'ai vu sortir, ce type qu'elle fréquente et qui la baise lui au moins. Je l'ai vu sortir et vraiment ça ne m'a rien fait, je pensais juste au boulot. Je ne voulais pas y retourner.

— Tu viens pas te coucher?

Je ne l'ai pas entendue arriver. Elle allume une cigarette.

— Qu'est-ce que tu regardes?

— Je sais pas. Je ne regarde pas vraiment.

Je jette un œil et sur l'écran, c'est *Derrick*.

— T'oublieras pas de sortir les poubelles, elle fait, et elle va se coucher.

Je réalise qu'elle ne m'a même pas demandé pour le docteur. Je suppose que de toute façon, elle se dit que je suis foutu et qu'il n'y a rien à faire, pour elle je suis juste un poids mort et elle attend que je crève ou que je m'en aille. Dans le frigo de la cuisine, je cherche une bière mais il n'en reste plus une seule. Je descends dans la cave et là non plus je ne trouve rien à boire. Je remonte et je vais directement dans la chambre et je la secoue et je lui demande ce qu'elle a foutu des bouteilles. Elle se retourne et elle grogne, elle fait celle qui n'a pas entendu et ça m'énerve, je lui serre le bras de toutes mes forces et elle gueule.

— Putain arrête, tu me fais mal.

— Qu'est-ce que t'as foutu des bouteilles ?

— Quelles bouteilles ?

— Arrête tes conneries, tu sais très bien de quoi je parle.

— Écoute Éric, il faut que t'arrêtes de boire. Si t'es pas raisonnable, je le serai pour toi. J'ai tout mis à la poubelle.

Ce que je ne supporte pas, c'est pas qu'elle ait fait ça, ni même qu'elle me le dise, non. C'est juste sa petite gueule et son ton d'instit. Je la regarde et je me dis que de tout mon cœur, j'ai aimé cette femme, mais c'était il y a si longtemps que je m'en souviens à peine. Je retourne dans le salon, je m'installe sur le canapé, je prends une vieille couverture et j'éteins les lumières. Pour une fois je m'endors vite.

Vers six heures, elle me tape sur l'épaule et je sens l'odeur du café. Elle s'affaire dans la cuisine et sur l'écran de télévision, des clips s'enchaînent et tout se ressemble. Je prends ma douche et je m'habille, un café debout dans le salon et je dis au revoir comme si de rien n'était. À ce moment-là je sais que je ne reverrai plus jamais cette baraque et elle non plus, et ça ne me fait rien du tout. C'est encore la nuit. Je démarre et je roule vers Paris. Je laisse la voiture dans un parking souterrain avec les clés sur le volant. Dans un supermarché, j'achète plusieurs flasques de whisky et je m'en bourre les poches. Je fais tous les distributeurs du quartier, je retire le maximum à chaque fois. La gare grouille de monde. Je regarde les horaires les destinations, je prends le premier train pour le Portugal.

Je dors pendant tout le trajet. Après, je marche au hasard dans des rues pas droites. Les façades ne sont pas ravalées et j'entends des voix des conversations, je ne comprends rien, je bois une gorgée et je me fonds dans tout ça mélangé. Je vois une pancarte à côté d'une porte, c'est marqué Pension en français. J'entre et je demande une chambre. Je règle pour deux semaines en carte bleue. Ce n'est pas grand-chose mais ça va. Un lit une table une armoire, du papier peint marron à fleurs sur les murs et une fenêtre sur la rue. La patronne a l'air gentille, grosse et brune avec une robe bleue et un tablier qu'elle ne quitte sûrement jamais. Elle me demande si j'ai faim, je lui dis que oui et elle disparaît dans la cuisine. On mange tous les deux dans le salon de son appartement et les murs sont couverts de portraits de la Vierge et de photos d'un type à moustache. Après le repas on sort de la maison et on fume devant la porte. Du linge pend aux

fenêtres, ça sent l'ail et l'huile d'olive, la lessive et
le poisson grillé. Des femmes nous saluent en
passant, lui adressent quelques mots. On reste
comme ça à regarder la rue, les gamins qui passent et se chamaillent, les mobylettes et le soleil
qui se couche. Entre les immeubles on voit le
Tage et les rues étroites.

Je commence à me sentir plus calme. Je
remonte dans ma chambre. Je prends une bouteille de vin avec moi. J'éteins la lumière et je
reste un moment les yeux ouverts, je n'arrive pas
à m'endormir. Ce n'est pas que je pense à elle ou
à ce que je viens de faire, c'est juste que je n'ai
pas sommeil. Je sors en caleçon pieds nus dans
les couloirs, je colle mon oreille aux portes. Des
ronflements des respirations des toux rauques
et le son des téléviseurs. Je fais tous les étages
comme ça, en touchant les murs avec mes
mains, et tout en haut je croise cette fille et elle
est grande et sa peau luit dans la pénombre. On
se parle à voix basse avec ce qu'on sait d'anglais.
Elle me dit qu'elle vient d'Angola et que ça fait
une semaine qu'elle est là tapie dans sa chambre

parce qu'elle a peur de sortir à cause des flics et des contrôles. Je lui dis de ne pas s'inquiéter qu'ici ce n'est pas la France, je dis ça j'en sais rien je dis ça pour dire. Elle me regarde en biais avec un petit sourire, elle sent bon et je suis bourré, j'ai très envie de l'embrasser. Je le fais et elle a l'air de trouver ça bien qu'on s'embrasse comme ça. Dans ma chambre elle se déshabille et on baise très doucement, très calmement. Elle chantonne d'une voix rauque, je ne connais pas la langue mais c'est beau. J'embrasse sa bouche et je me dis que la douceur des gens, c'est dans la bouche qu'on la ressent vraiment. Je jouis et ça fait des siècles que ça ne m'était pas arrivé. Après elle s'allonge près de moi et elle s'endort. Je reste longtemps les yeux ouverts à contempler son corps long et sombre et brillant dans la nuit.

Le matin, je la laisse dormir, je m'habille et je vais boire des bières au café du coin. Il pleut et à l'intérieur, c'est rouge et vert avec des trophées de football, des fanions et des bouteilles vides. Quand je ressors je suis juste saoul comme il faut. Juste de quoi être à niveau. Je marche dans les rues de l'Alfama et ça tourne un peu mais je finis par retrouver la pension au milieu des rues étroites. Quand j'arrive elle se réveille à peine, elle est nue et je me mets à bander alors elle me suce gentiment et je jouis dès que j'entre en elle. Je lui dis de s'habiller et elle me suit dehors. On prend un train au hasard, elle prend ma main dans la sienne, elle me mord les oreilles et la peau du cou. On longe le Tage et puis la mer. Dans les rues d'Estoril, il fait chaud et on se croirait au printemps. On dort tous les deux sur la plage, sa tête sur mon ventre et le soleil me cuit les joues. Je suis encore ivre et j'entends le bruit des vagues, je fais couler du sable entre mes doigts. On descend tous les deux une bouteille de vinho verde, elle n'a pas l'habitude alors ses yeux brillent et elle se marre pour un rien. Elle me fixe et se met à rire, je lui demande pourquoi elle fait ça et elle me répond que j'ai l'air d'un fou. Je me regarde dans le reflet d'une vitrine et c'est vrai que j'ai l'air d'un fou échappé de l'asile. Après on rentre à Lisbonne. On se dirige vers la pension et au moment de rentrer, elle me dit de l'attendre, qu'elle en a pour une ou deux heures, une histoire de papiers.

Je l'attends dans un café et c'est la nuit. Il pleut et l'odeur de la mer monte jusqu'ici. Je bois verre sur verre et je voudrais être mort de fatigue et dormir d'un sommeil de plomb contre elle. Je sais que mes nerfs ont tous lâché et que je pourrais presque pleurer pour un rien ou rire ou crier mais ça va je suis là dans ce café, presque calme, comme anesthésié et absent. Je sors sous l'auvent là où on domine la ville. Ça tombe dans le fleuve les rues étroites, les immeubles de travers et les escaliers. J'allume une cigarette et je la fume debout à deux doigts de la pluie. Je demande un verre au patron. Je regarde les coupes et les figurines sur les étagères, la télé diffuse un match, trois hommes mangent en silence. Peut-être qu'elle ne reviendra pas. Qu'elle s'est fait choper. Qu'à l'heure qu'il est un charter la ramène en Angola. Qu'on a menotté ses mains, qu'on l'a plaquée au sol, que des chiens l'ont reniflée. Que des flics l'ont pelotée et l'ont

regardée avec des regards vicieux. Qu'on l'a trai-
tée comme une bête ou pire que cela. J'essaie de
pas y penser.

Le serveur pose une bouteille sur la table.
C'est un gros type à moustache. Il me fait signe
qu'on va se la partager. Il remplit nos verres et
on trinque et on boit en silence. Je suis complè-
tement saoul et désormais ma vie ne ressemble
plus à rien, n'épouse plus aucune direction. C'est
mardi et je ne suis plus là.

Sous la neige

La nuit j'ai peur qu'il meure.

Le jour aussi mais la nuit c'est pire.

J'essaie de ne pas dormir. Je n'y arrive pas toujours.

Parfois je sombre et je me réveille en sursaut. Quand ça m'arrive, je sors de ma chambre pour vérifier. Je marche doucement dans le couloir, je ne fais pas de bruit, je colle mon oreille à leur porte. J'entends son souffle court, sa respiration épaisse et difficile, je retourne dans mon lit. Je ne suis pas rassurée pour autant. Je sais juste qu'il n'est pas encore mort. Juste ça.

La lumière est allumée. Je gratte à la porte et j'ouvre. Maman est assise, deux gros oreillers derrière son dos, les jambes par-dessus le drap. Elle lit. Elle enlève ses lunettes et me sourit.

— Ça va ?

— Ça va. Tu ne dors pas ?

— Non. J'y arrive pas.

— Moi non plus. Tu devrais te faire un lait chaud.

— Ouais, peut-être.

Près de la fenêtre il y a son lit. Un lit d'hôpital. De là quand il ouvre les yeux, il voit l'arbre qui se balance. C'est un grand bouleau qu'il a planté à ma naissance.

Il dort nu sous un drap de coton. Un vieux drap usé, c'est le seul qu'il supporte. Il n'a plus de cheveux. Son visage est gonflé par la cortisone. Je le reconnais à peine.

Je m'assieds près d'elle.

— Qu'est-ce que tu lis ?

Elle retourne le livre, me montre la jaquette. Elle le pose sur la couverture et je me colle contre elle et elle m'enlace et elle embrasse mes cheveux.

Il tousse dans son sommeil. Il n'a pas dit un mot depuis trois jours. Ne se réveille que rarement. Il ouvre les yeux quelques minutes.

Il nous regarde et il pleure. Et puis il se rendort.

Il va bientôt mourir.

D'une minute à l'autre ça peut arriver.

Je ne pensais pas que les choses iraient si vite. Quand ils ont découvert la tumeur, le docteur a dit qu'il ne passerait pas l'hiver. Nous on se disait qu'il tiendrait au moins jusqu'à l'automne suivant, qu'il verrait son arbre jaunir et perdre ses feuilles. Je crois qu'on a eu tort.

Maman s'allonge et je m'étends près d'elle. Elle éteint la lumière et on reste côte à côte. Par la fenêtre je vois la pleine lune, elle éclaire un peu son visage, il est encore plus blanc que d'habitude. Je me serre contre elle.

On marchait sous la neige et il me tenait le bras. C'était tombé sans prévenir, la forêt était blanche et lumineuse. Il m'a dit qu'il allait mourir, que les résultats des examens étaient formels, tumeur au cerveau. Qu'un jour, avant d'être trop diminué, avant d'être un légume, il se tuerait, qu'il fallait que je comprenne, qu'il m'aimait. Mon père m'a dit ça et j'ai fondu en larmes et nous avons continué à marcher en silence. J'ai

pris sa main et nous étions comme deux amou-
reux sous la neige.

Il ne s'est pas tué, mais il va mourir quand
même.

– Je sors.
– À cette heure?

Dehors la nuit est presque tiède. Il a plu et ça
sent les feuilles humides, les pelouses sont d'un
vert irréel à la lueur des lampadaires. La plupart
des maisons sont plongées dans le noir. Derrière
les rares fenêtres éclairées, on devine des téléviseurs. Je coince une cigarette entre mes dents. Je
craque plusieurs allumettes.

Au bout du lotissement, je prends le chemin.
Il s'enfonce dans la nuit. Il y a le bruit des arbres,
mes pas dans la terre, des bruissements dans les
fourrés. La forêt se referme et mes doigts se collent aux troncs humides. Je ne peux pas le voir
mais ça laisse des traces vertes et brunes sur la
peau. C'est doux, comme du velours ou de la
mousse. J'arrache un bout d'écorce, je le pose sur
ma langue. C'est mou et soyeux, un peu amer.

Je mâche et j'avale. Un jour, des bourgeons me pousseront au bout des doigts.

Le sentier descend vers le fleuve. De part en part, les berges sont trouées de plages minuscules. C'est du sable grossier, dans la nuit il prend une teinte argentée ou la couleur de la lune.

Les dernières fois où il a essayé de me parler, je n'ai rien compris. Je voyais son regard qui me fixait. Sur ses yeux comme un voile translucide. Il avait du mal à rester en éveil, à ouvrir la bouche et à prononcer des mots. Sa voix était faible et pâteuse, les sons s'écrasaient en bouillie dans sa bouche. Il répétait plusieurs fois et puis il abandonnait, refermait les yeux et son corps entier se relâchait, épuisé, vidé.

L'eau s'échoue dans le sable, mes doigts s'enfoncent et les grains s'y accrochent. Je fouille là-dedans, j'en sors des cailloux lisses. Je sens le visqueux d'un ver de terre. J'attends qu'il passe et je me relève. Sur mes mains ça laisse une odeur aigre, sur la langue un goût terreux.

Entre les arbres on voit le fleuve, la berge d'en face et les immeubles, des voitures garées phares braqués sur l'eau. Un pont en ferraille enjambe un bras mort, les planches sont pourries, on passait là à vélo lui et moi, tous les dimanches après-midi. Je descendais de selle et on s'arrêtait en haut, on regardait les péniches et les barges remplies de sable. Il disait : on fait la course, et il me laissait gagner. Il a perdu ses cheveux en quelques jours et juste après sa main droite s'est mise à ne plus lui obéir. Il tenait sa main pendante, le poignet cassé. Plus tard, ses jambes ont commencé à trembler, son œil droit à tressauter sans raison, il n'a plus trouvé ses mots, a perdu la notion du temps, sa mémoire immédiate a cessé de fonctionner. Il était incollable sur chacun des faits et gestes qu'il avait pu commettre au cours des trente années passées, mais il ne se souvenait pas de ce qu'il venait de faire ou de dire.

Le sentier s'éloigne un peu du fleuve, on le voit briller parfois, à travers les feuillages et les ronces. J'arrache une feuille de hêtre, elle est légèrement sucrée. Des orties s'accrochent à mes

chaussettes, piquent la peau et la brûlent. Je bute
contre un caillou plus gros que les autres, il
dépasse de la terre un peu boueuse. Je tombe en
avant, mes mains contre le sol. Je me relève et
sur mes paumes, de la glaise et du sang mêlés. Je
sens des cailloux minuscules dans la chair, ça
crisse comme du verre sous les dents.

Je sens l'odeur du feu, j'entends les bouteilles
qui s'entrechoquent, la musique qui joue de plus
en plus fort, les infrabasses qui s'enfoncent dans
le sable meuble. Je débouche sur la clairière et
je vois Christophe et Lorette et ceux que je ne
connais que de noms ou que je ne connais pas.
Ils sont debout autour d'un feu immense, certains dansent, d'autres fument leurs joints en fermant les yeux la tête levée vers les étoiles et se
dandinent sur place. Le poste joue des morceaux
de Fatboy Slim, des Chemical Brothers et puis
après ça part dans des trucs techno lancinants et
répétitifs et au bout d'un moment, avec la
vodka, l'herbe et un truc que m'a filé Christophe, je sens que je pars et je suis bien. Lorette
danse et elle a un beau sourire sur ses lèvres, un

sourire de sainte en extase. Un type l'enlace et se frotte contre elle. Elle se retourne et ils s'embrassent et je vois leurs langues qui sortent et se collent et tournent à l'extérieur. Je m'approche d'eux et le type m'embrasse à mon tour et c'est doux ses mains dans mon dos et mes mains sous le tee-shirt de Lorette, son ventre blanc et tendre. On s'éloigne tous les trois. Le type est au milieu et Lorette elle chantonne et ne quitte jamais son beau sourire. Derrière des arbres on s'embrasse tous les trois et Lorette touche mes seins du bout des doigts, c'est la première fois qu'elle fait ça. Sa bouche a un goût d'eau, elle sent la mûre et les feuilles de cassis. Le type me caresse et je sens ses doigts contre mon sexe et ça glisse tout doucement dans la fraîcheur de la nuit. On entend les djembe, on se regarde et on est morts de rire.

Tous les volets sont fermés, les fenêtres opaques et noires. Les géraniums pourrissent dans leurs pots suspendus, diffusent leur parfum sirupeux et morbide. Des chats traversent la route à toute vitesse. Je fume ma dernière Craven, j'ai faim et un peu froid. Je me dirige vers la maison mais je fais quand même des détours et je zigzague sur le bitume. De chaque côté il y a des voitures et je vais de l'une à l'autre, je les touche et il y en a une qui se met à hurler. C'est aigu et ça vrille à l'intérieur du crâne. Dans la maison, les lumières s'allument et un type sort en pyjama, une batte de base-ball à la main. Il me voit et je lui fais signe que je m'excuse. Il me traite de sale petite conne et gueule qu'il va en parler à mon père. Mon père il est mort, je lui réponds et puis je me casse et je me sens mal à cause de ces mots que j'ai prononcés et de ma peur qu'ils deviennent réalité. Après, je me demande si c'est vraiment de la peur quand on est sûr que ça va arriver.

Dans ma rue, je vois le cul de la camionnette rouge et le truc bleu qui tourne sur le toit. Je regarde autour de moi s'il y a le feu quelque part et puis je comprends que les pompiers viennent de quitter la maison. Je lève la tête et je vois la fenêtre allumée. Maman est encore là ou elle a oublié d'éteindre. Peut-être elle est dans la camionnette et papa aussi et ils vont à l'hôpital. Je suis debout sur la pelouse, juste en face du pavillon. Je suis sous un immense érable, il y a des merdes de chiens sur les brins d'herbe et par terre des feuilles un peu jaunes. À cet endroit avec mon père j'ai joué au foot et aux raquettes, à la pétanque avec des boules en plastique. Il m'a couru après en poussant des cris effrayants, m'a attrapée sous les bras et m'a fait tourner, m'a chatouillée jusqu'à ce que je pleure de rire et que mon ventre se torde. À cet endroit exactement. Il y a plus de deux mois qu'il n'a pas mis un pied dehors, trois semaines qu'il n'a pas quitté son lit, et maintenant il est mort. En rentrant dans la maison je le sais. Je monte les escaliers et dans la chambre, son corps est blanc et nu. Je m'approche et je vois bien qu'il est mort, je n'ai pas besoin de prendre son pouls ou d'observer les mouvements de sa poitrine, je sais qu'il est mort, je le sais et maman je la vois sur le lit et autour d'elle sur les draps il y a les habits de papa.

— Je ne sais pas quoi lui mettre.

J'ignore si elle pleure ou si elle rit, là sur le lit, perdue au milieu des vêtements de mon père.

– Quand est-ce que ça s'est passé ? je demande.

Elle se calme, elle prend mes mains entre les siennes. Elle me parle comme à une enfant. J'ai envie de lui foutre des claques. Je ne suis plus une enfant. Mon père est mort.

– Il y a une heure environ sa respiration est devenue difficile. C'était comme s'il était en train d'étouffer. J'ai appelé les pompiers. Il a pris sa respiration un grand coup. Il est parti comme ça. Comme avant de mettre la tête sous l'eau à la piscine. Et puis tout s'est arrêté. Ils viennent le chercher tout à l'heure.

Ma mère est si blanche et minuscule en disant ça. Je m'approche du lit. Je n'ose pas le toucher. Je ne regarde que son visage. Ce n'est pas lui. Ce corps devant moi ce n'est pas lui c'est autre chose. Lui il n'est plus là. Il est parti.

Maman est sortie de la chambre. Elle est à la cuisine, elle prépare du café. J'ignore où elle trouve la force d'exécuter ces gestes. Je crois que

pour elle comme pour moi tout cela n'est pas
réel, que cela ne veut rien dire. J'embrasse le
front de mon père. Ce n'est pas comme j'imagi-
nais. C'est comme quand il dormait. Exactement pareil. Mes jambes tremblent et mes mains
aussi. Je m'assieds sur le lit, sinon je m'écroule.
Plusieurs fois, à voix haute, je dis : papa et ce
mot n'existe plus lui non plus. Plus rien n'existe
de ma vie d'avant. Plus rien depuis ce jour où
nous marchions sous la neige.

Maman me tend une tasse. J'avale une gorgée
et tout remonte soudain. Je vomis sur le lit et ça
m'arrache la gorge et la langue et je perds mon
souffle. Je sors de la chambre. Dans la salle de
bains, je passe de l'eau sur mon visage et sur mes
mains. Je me regarde dans la glace et je ressemble
à mon père, et maintenant je ressemble à un
mort et cela ne veut rien dire.

Dehors, il fait froid et le jour se lève. Le ciel
est bleu clair. Les lampadaires s'éteignent tous en
même temps. Je marche jusqu'à la forêt, je quitte
le sentier, je baisse la tête pour passer sous les

arbres penchés, j'enjambe des arbustes et des ronciers. Puis ce sont des fougères et je me couche dos contre terre. Une fourmi passe sur ma joue, se promène sur mon visage. Je sens l'humidité traverser ma veste, mouiller ma peau. J'attendrai qu'il pleuve.

Table

Merci

au Centre National du Livre pour son aide

à Julien Bouissoux et Alix Penent
leur présence, leur amitié, leur écoute

à Jean-Christophe Planche, Pascal Bouaziz (Mendelson)
et Jean-Pierre Améris, leurs ombres portées sur ces textes

Ces textes ont été écrits entre novembre 2002
et septembre 2003
à Paris 9e, Agay, Saint-Lunaire et Malval

COMPOSITION : PAO EDITIONS DU SEUIL

GROUPE CPI

Achevé d'imprimer en août 2007
par **BUSSIÈRE**
à Saint-Amand-Montrond (Cher)
N° d'édition : 82653-4. - N° d'impression : 71408.
Dépôt légal : août 2005.
Imprimé en France

Collection Points

DERNIERS TITRES PARUS